Les étoiles montantes

L'auteur remercie le conseil régional d'Île-de-France pour le soutien dont il a bénéficié grâce à sa résidence d'écriture.

Certifié PEFC

Ce produit est issu de forêts gérées durablement et de sources contrôlées

PEFC/18-31-226

www.pefc-france.org

1, rond-point du Général-Eisenhower, 31101 Toulouse Cedex 9, France
editionsmilan.com

Loi 49-956 du 16 juillet 1949
sur les publications destinées à la jeunesse.
Dépôt légal : août 2024 • ISBN : 978-2-408-04709-2
Achevé d'imprimer au 3e trimestre 2024 en Italie par Grafica Veneta
Plus d'informations sur la fabrication de nos livres :
editionsmilan.com/comment-fabriquons-nous-nos-livres

Illustration de couverture : Germain Barthélémy
Mise en pages : Petits Papiers

Les étoiles montantes

Mabrouck Rachedi

milan

Un jour, une course de grenouilles fut organisée. La gagnante serait celle qui arriverait la première tout en haut de la montagne. Tous les autres animaux se massèrent au bord de la route. L'événement promettait d'être cocasse : quoi de plus incongru que des batraciens hors de leur élément naturel ?

Dès les premiers lacets, les hérissons se mirent à rire de la horde bondissante. « Vous n'y arriverez jamais, à quoi bon ? », se moquèrent-ils d'un ton plein de piquant. « C'est vrai », se dirent certaines grenouilles qui, démotivées, abandonnèrent très vite. Quelques virages plus haut, des vipères à la langue acérée reprirent en chœur le couplet : « Regardez-moi ces grenouilles ridicules qui se fatiguent à bondir ! À la fin, elles vont mourir d'épuisement ! » Entendant cela, d'autres grenouilles, effarouchées par le danger, cessèrent aussitôt leurs efforts. Toujours plus haut, des marmottes sur le point d'hiberner se gondolèrent de rire : « Ha ha ha ! Ça nous fera des blagues à raconter pour le long hiver à venir ! Jamais rien vu de plus absurde ! » La fatigue s'abattit sur la plupart des grenouilles, qui restèrent sur le bas-côté. Encore plus haut, des chamois assistèrent à la procession de plus en plus dépeuplée. « Ça y est, les grenouilles, vous êtes allées au-delà de tout ce qu'on pouvait imaginer. Arrêtez-vous, vous n'avez plus rien à prouver. » Satisfaites de ce compliment émanant des seigneurs de la montagne, toutes les grenouilles s'arrêtèrent. Sauf une.

Plus que quelques lacets avant d'atteindre le sommet, et voilà qu'un aigle royal, impressionné, lui proposa son assistance : « Personne ne saura jamais que je t'ai aidée. Monte sur mon dos et je te transporterai jusqu'en haut. » La grenouille, opiniâtre, ne se laissa pas corrompre et, épuisée, gagna seule la cime. L'aigle royal, qui ne l'avait pas quittée des yeux, lui demanda d'où elle tirait ce fabuleux courage. La grenouille ne lui répondit pas. L'aigle comprit : si la grenouille ne s'était pas laissée décourager, si elle était allée au bout de son effort, si elle avait atteint son but, c'est parce qu'elle était sourde.

CHAPITRE 1

Encore deux minutes et le bureau de tabac n'enregistrera plus les grilles de Loto de la semaine. Une telle catastrophe n'est jamais arrivée à Khadijatou, elle doit se précipiter pour cocher les numéros qu'elle a choisis en fonction d'une loi de probabilité de son cru. À côté d'elle, sa mère tape du pied d'impatience.

– Je n'ai pas que ça à faire, Khadijatou, Samba doit prendre son biberon !

– C'est moi qui suis allée le chercher à la crèche, maman, je mérite bien deux secondes de plus !

– Tu es vraiment incroyable...

Bintou répète cette phrase trente fois par jour à sa fille. Elle ne sait jamais si elle doit la ponctuer par un grognement ou par un rire. D'un côté, Khadijatou est adorable. Pendant que Mme Diallo était bloquée dans un RER immobilisé par un problème technique, elle a gardé Samba.

On peut toujours faire confiance à l'adolescente pour s'occuper de son petit frère. Mais ce qui la rend agaçante, c'est sa manie du Loto. Elle participe à chaque tirage, et comme les jeux de hasard sont interdits aux mineurs, sa mère ou un autre adulte doit miser pour elle. Khadijatou a beau être grande en taille, son visage poupon la trahit, et sa mère ne la laisserait jamais enfreindre la loi.

– Quand je trouverai la bonne combinaison, je te sortirai de là, jure Khadijatou.

– Me sortir de quoi ?

– Tu sais très bien…

Bintou Diallo est femme de ménage chez des particuliers, elle va et vient aux quatre coins de l'Île-de-France pour gagner sa vie. À quarante ans, elle a déjà le dos en compote. Elle ne se plaint jamais, mais Khadijatou la surprend parfois en train de soupirer ou de se masser en cachette. L'adolescente voudrait lui épargner cette souffrance silencieuse qui lui remue le cœur. Et si c'était aujourd'hui son jour de chance ?

Nous sommes le vendredi 13 septembre, la super-cagnotte attire les joueurs occasionnels. Khadijatou a enfin coché les numéros issus de son calcul savant, et maintenant sa mère se faufile comme elle peut dans la queue interminable qui mène jusqu'à la caisse du buraliste. Seul Samba, que sa mère a confié à son aînée, semble étranger à la tension du moment. Un grand sourire aux lèvres, il babille. Gérard et Abdel, deux autres habitués, lancent un regard compatissant à Khadijatou. Ils connaissent sa combine, parfois les deux trentenaires jouent pour elle en cachette de sa mère. L'adolescente fait appel à eux en dernier ressort, car même si elle leur fait confiance, celle-ci reste relative : elle a trop peur qu'on devine sa précieuse formule et elle sait qu'avec un verre dans le nez, les deux lascars peuvent devenir bavards.

Pendant la progression de sa mère vers la terre promise, Khadijatou s'évade. À quoi ça tient, de devenir millionnaire ? Seulement six numéros. Deux fois par semaine, elle fait le même rêve : elle devient riche, offre alors une maison à sa mère, un masseur personnel pour soulager son dos douloureux, un berceau immense à Samba et des couches-culottes customisées pour qu'il ait la classe. Elle multiplie aussi les voyages partout dans le monde, un jour à Dubaï, un autre à Dakar, la ville de naissance de son père. Peut-être qu'elle ira même à sa recherche… Il ne faudra pas trop abuser de l'avion pour réduire son empreinte carbone sur la planète, elle voguera sur un bateau à voile, elle aura tout son temps. Chaque soir dans son lit, son inépuisable imagination embellit la phase à demi-éveillée qui précède le sommeil. Pas un jour où elle s'endort sans un sourire, signature de l'espoir.

Mais il y a un problème : Khadijatou n'a jamais gagné un centime. Des centaines de grilles remplies, des milliers de numéros cochés et pas le moindre gain, c'est dingue, non ? Pourtant, elle ne laisse rien au hasard. Elle invente des équations à partir de cours de statistiques qu'elle consulte sur Internet. Comme pour sa croissance,

Khadijatou est en avance pour ses quatorze ans. Elle mesure 1,80 mètre — 1,90 mètre si on ajoute sa coupe afro. Ses lunettes rondes lui donnent un air de professeur Tournesol. Elle est très timide, sauf quand elle est passionnée, alors là, elle devient intarissable. Si un jour vous avez le malheur de la brancher sur les statistiques, vous aurez droit à un exposé d'une heure et elle ne vous laissera pas beaucoup la parole ! Elle reste discrète sur son occupation favorite. Seuls quelques-uns de ses camarades de 3e D au collège Henri-Wallon d'Aubervilliers sont dans la confidence. Ils hallucinent quand elle leur parle de matrices et de séries temporelles. Certains se moquent gentiment de sa drôle de manie. Elle se dit qu'ils riront moins quand elle deviendra richissime.

Il est 18 h 59 et quelques secondes quand Bintou Diallo se présente devant Bébert. Le patron du tabac a le droit de valider les bulletins jusqu'à 19 heures. Une seconde après, et c'est trop tard. Ouf, il enregistre les numéros à temps ! Il était moins une, la mère de Khadijatou a eu la présence d'esprit de passer devant une autre cliente qui tardait à trouver ses pièces dans son sac. Un coup de chance qui préfigure le suivant qui ne manquera pas de survenir : Khadijatou est sûre de gagner cette fois, et elle se demande dans quel pays elle va bien pouvoir emmener sa famille. Elle se blottit dans les bras de sa mère chérie et serre très fort son frère adoré en rêvant du voyage qu'ils feront bientôt ensemble.

CHAPITRE 2

Le vent plaque les longs cheveux frisés de Yanis devant ses yeux. En dégageant sa tignasse de son front, l'ado trapu est à deux doigts de faire tomber les fleurs qu'il tient à la main. Il apporte ce bouquet à sa tante, en observation pour son diabète à l'hôpital européen La Roseraie, à Aubervilliers. Tata Djamila lui a déjà dit qu'au lieu de lui rendre visite, il ferait mieux de réviser ses leçons. Tu parles ! Il l'aime trop pour la laisser seule dans un endroit pareil, et le collège ne lui manquera pas tant que ça ! En plus, la 3e, c'est trop galère ! Il sèche les cours pour joindre l'utile à l'agréable. Alors qu'il longe la rue Henri-Barbusse, une voix grave l'interpelle en provenance de l'impasse Désiré-Leroy. C'est celle d'un grand type qu'il a souvent croisé sans jamais lui adresser la parole. Mais qui ne connaît pas la réputation de Kevin Martin, la terreur du collège ? Bagarreur et paresseux, il cumule les qualificatifs peu élogieux et accumule les problèmes. Seulement un an de retard en 3e, parce qu'en le faisant passer, le collège se débarrassera plus vite de lui. Heureusement, ils ne sont pas dans la même classe.

– Tu vas où comme ça, petit ?

Yanis n'est pas très grand, en effet, mais cela ne donne à personne le droit de l'appeler « petit », quand bien même Kevin le toise d'une bonne tête et que sa silhouette élancée le fait paraître un géant. Yanis continue son chemin. Au collège, il a déjà entendu mille fois cette moquerie, ça lui passe par-dessus la tête, c'est le cas de le dire. Mais la main de Kevin sur son épaule l'oblige à s'arrêter.

– Ça me dit bien ce que tu as là, lui lance-t-il en fixant les fleurs.

Yanis se dégage. En se retournant, il constate qu'il est cerné par deux autres garçons qui froncent les sourcils pour se donner un air menaçant. Il répond en souriant :

– T'arrêtes tous les gens qui passent dans la rue pour faire tes courses ?

– Tu te fous de ma gueule ?

– Non, juste je m'interroge.

Kevin est désarçonné par le calme de Yanis, puis très vite il se reprend :

– Donne-moi ton sac, petit.

– Ma générosité ne va pas jusqu'à offrir des cadeaux à des inconnus.

– On est trois, t'es seul. Vu ta taille, je dirais même que t'es la moitié d'un.

Les deux autres gars se mettent à se gondoler d'un rire niais, mais Yanis ne se démonte pas :

– Je crois que la dernière fois que j'ai entendu cette vanne, c'était en maternelle. L'auteur s'appelait Joachim, on était en grande section. C'est toi, Joachim ?

– Euh… non.

– Je sais bien, Joachim ne m'aurait jamais parlé comme ça après ce que je lui ai fait. C'est à lui que je vais apporter ces fleurs, à l'hôpital. Après plus de dix ans de coma, il vient juste de se réveiller.

– Tu déconnes ?

– Devine. Enfin si tu peux, je n'ai pas l'impression que réfléchir soit ton fort.

– Il se fout vraiment de moi, voyez-vous !

– « Voyez-vous » ? L'homme de Cro-Magnon a vite évolué, dis donc !

Cette expression, Kevin l'utilise depuis les marchés qu'il faisait dès ses dix ans avec son père. Ce dernier s'écriait : « Ils sont beaux, mes bijoux, voyez-vous, ils sont beaux, mes bijoux, mes voyous ! » Son fils l'imitait de sa voix aiguë — sa voix de fille, se moquait son père, obsédé par la virilité. Qu'il s'adresse à une seule ou plusieurs personnes, Kevin utilise le pluriel. Vanner son tic de langage, c'est piétiner le passé où il était encore heureux en famille. Kevin serre les poings, mais il est interrompu dans sa pulsion de violence par le débit mitraillette de Yanis :

– Bon, la causerie est plaisante, mais j'ai d'autres choses à faire. Si vous voulez bien me laisser passer, messieurs.

Yanis se fraie un chemin en bousculant de l'épaule l'un des deux acolytes plantés à ses côtés. Les yeux écarquillés, celui-ci interroge du regard Kevin, aussi hésitant que lui. Kevin se demande si ce ne serait pas lui, le petit dont on dit qu'il a cassé la gueule à des adversaires qui le dépassaient d'une tête. Il paraît qu'il est capable de se déchaîner lors des bagarres. Kevin est prêt à relever le défi. Après tout, il doit défendre sa réputation. Alors qu'il se décide enfin à se battre, Yanis a déjà atteint le hall d'accueil de l'hôpital. A-t-il fui ou était-il pressé ? En plus des fleurs pour sa tata Djamila, Yanis transporte dans son sac à dos son appareil photo, qu'il ne montre jamais à personne, pas même à ses amis. Il a bien trop peur qu'ils se moquent de lui. Déjà qu'avec son sens de la formule ampoulée, il passe pour un original, si en plus il était vu comme un artiste, il se ferait victimiser par ses camarades. Les seuls artistes admis, ce sont ceux qui se prennent pour Kylian Mbappé dans la cour de récré. Il ne parle pas non plus de sa passion pour la photographie à sa famille. Cet appareil est un cadeau de sa mère, sa seule confidente, il est hors de question de risquer de se le faire voler ou abîmer, c'est un objet bien trop précieux.

CHAPITRE 3

Madame, monsieur,

J'ai fait mes courses dans votre supermarché. En caisse, j'ai constaté que le prix des pâtes avait été majoré de 13 centimes par rapport au prix affiché en rayon. Hélas, il n'y avait personne à l'accueil et je n'ai pas pu déposer ma plainte, la caissière refusant de recueillir mes doléances. Vous comprendrez mon mécontentement devant le préjudice subi et la qualité défaillante de vos services. C'est pourquoi je réclame par la présente, en plus du remboursement de la différence de prix et des frais de port, un dédommagement pour le préjudice moral subi. J'évalue à 20 euros la somme totale que vous me devez et je vous remercie par avance de votre diligence dans la réparation de vos torts.

Bien cordialement,

Aline Mercadier

Aline relit quatre fois sa lettre avant de se décider à fermer l'enveloppe. Elle y colle un timbre récupéré sur l'un des innombrables courriers qu'elle reçoit. Une mauvaise langue dirait qu'Aline aime se plaindre. Elle répondrait qu'elle a toujours une bonne raison : un retard dans les transports en commun, une erreur de facturation dans un magasin, une prestation mal assurée, un paiement injustement réclamé par le propriétaire de l'appartement, un relevé douteux, une demande de remboursement à un jeu… Sa correspondance est faite de ces mille paperasseries administratives. Son père, Paul Mercadier, comptable, lui a enseigné que la méthode était la voie du succès.

Père et fille travaillent en équipe. Catherine, sa mère, ne partage pas leur obsession de la réclamation, mais il faut bien qu'elle vive avec. Elle leur dit souvent que s'ils consacraient autant de temps et d'énergie à élaborer des projets plutôt qu'à négocier des remboursements, ils auraient déjà envoyé une fusée sur Mars ! Au lieu de quoi, les deux râleurs professionnels préparent des lettres types bourrées de mots comme « préjudice », « dédommagement », « majoration » et de formules comme « par la présente », ou encore « je vous remercie de votre diligence ». À quatorze ans, Aline apprend la langue administrative quand d'autres collectionnent les mangas ou les posters de stars.

Paul Mercadier, fier de sa progéniture, a même fait encadrer la photocopie du chèque du plus gros remboursement reçu par sa fille, 292,52 euros pour un appareil électronique en panne qu'elle avait ensuite réussi à réparer. Elle avait obtenu l'aspirateur et l'argent de l'aspirateur. Avec cette somme énorme, elle s'était acheté un stock d'enveloppes et de papier, sous les protestations de sa mère qui lui avait pourtant laissé l'initiative de s'offrir tout ce qu'elle désirait. Sa photo de profil sur Snapchat la montre à côté de la pile, aussi grande qu'elle, 1,60 mètre. En vrai, elle triche un peu, elle ne mesure que 1,55 mètre, elle arrondit par coquetterie. Qui oserait la contredire ?

Au collège Henri-Wallon d'Aubervilliers, Aline a toujours été déléguée de classe. Nous ne sommes qu'en début d'année, mais elle prépare déjà son programme pour la prochaine élection. Pour remporter les votes de ses camarades de 3e D, elle s'appuiera sur son bilan des années précédentes. Elle a réussi à éviter le renvoi à des dizaines de camarades en relevant des points du règlement que personne n'avait remarqués. Non seulement elle défend les élèves de sa propre classe, mais elle plaide aussi pour d'autres, juste pour le plaisir. Des profs ont protesté, elle leur a présenté une circulaire qui autorise une telle pratique, menaçant de saisir le tribunal administratif et de remonter jusqu'au Conseil d'État ! Tout le monde l'a prise au sérieux et ils ont eu raison : elle l'aurait fait.

Aline met ses lunettes pour fixer la reproduction du chèque de 292,52 euros encadrée au mur de sa chambre. Ses yeux fatiguent, elle voit de plus en plus flou de près et de loin. C'est grâce à un minuscule astérisque que personne n'avait vu, pas même son père, qu'elle avait pu arracher sa réclamation record. Depuis, les petites clauses ignorées par tous sont devenues sa spécialité. Il va lui falloir un rendez-vous chez l'ophtalmo sinon elle va perdre son plus bel atout. Elle a déjà failli rater deux clauses la semaine dernière, heureusement son père était là pour rattraper le coup.

Perdue dans ses pensées, Aline n'a pas remarqué ce qui lui pend au nez. Il faut vraiment qu'elle aille consulter un spécialiste : une légère fissure strie le mur au-dessus du cadre. C'est intolérable ! C'est inadmissible ! C'est lamentable ! C'est insupportable ! Son sang ne fait qu'un tour. Machinalement, elle plonge sa main droite dans le tiroir contenant son stock d'enveloppes et ses rames de papier. Elle glisse une feuille dans la machine à écrire que lui a offerte son père. Elle préfère cette antiquité à l'ordinateur parce qu'elle aime le cling que celle-ci émet quand on arrive en bout de ligne. Aline relève ses manches jusqu'aux coudes. Elle savoure déjà la lettre de réclamation qu'elle va écrire au syndic de son immeuble.

CHAPITRE 4

Khadijatou est dégoûtée. Elle n'a eu que deux bons numéros lors de la super-cagnotte du vendredi 13, soit un gain d'exactement 0 euro. Elle avait aussi coché le 4 et le 18, mais ce sont les boules 5 et 19 qui sont tombées. On dirait que le succès la nargue ! Avec trois numéros, elle aurait remporté un petit quelque chose, avec quatre, un plus grand quelque chose ! La bonne nouvelle est qu'elle se rapproche, sa formule va bientôt la conduire au trésor tant espéré.

Mais avant cela, dès la première heure du lundi, il faut subir le cours de M. Berton. Le professeur de mathématiques énonce le problème suivant : au supermarché, je tire au hasard dans un sac rempli de 180 marchandises rangées dans des cartons de dimensions identiques :

— 4 de ces cartons contiennent une télévision.

— 12 contiennent une PlayStation.

— 36 contiennent un casque audio.
— 68 contiennent un abonnement d'un an à un service de streaming.
— Les autres ne contiennent rien.

Quelle est la probabilité de :

A. gagner une télévision ?

B. gagner une PlayStation ou un casque ?

C. ne rien gagner du tout ?

Facile, beaucoup trop facile pour Khadijatou. Elle retient un bâillement de fatigue et d'ennui. Elle s'étonne de voir les sourcils de ses camarades qui se froncent devant un problème qu'elle aurait déjà été capable de résoudre à sept ans. Est-ce qu'ils le font exprès ? Elle compte mettre ce temps à profit. Elle tire de son cartable la précieuse feuille où est inscrite la formule qu'elle travaille depuis cinq ans, celle qui lui permettra de gagner un jour au Loto. Elle a regardé des centaines de vidéos sur YouTube. Elle a déjà dévoré des dizaines de manuels de première et de terminale au CDI du lycée, situé dans les mêmes murs que le collège, à la grande surprise des documentalistes. Elle a même lu des articles en anglais et une thèse, mais c'était un peu compliqué. Son modèle absolu est Ramanujan, un mathématicien indien du début du XXe siècle, qui inventait des formules sous le coup de l'inspiration, sans jamais les démontrer. Certaines sont encore étudiées aujourd'hui. Aussi vrai que Ramanujan était en avance sur son temps, Khadijatou est sûre que dans cent ans, ce sont ses carnets à elle qu'on lira. Elle imagine déjà le documentaire sur sa vie racontée sur un ton doucereux par une voix off qui évoquera « l'incomprise devenue légende lorsqu'elle gagna dix fois de suite au Loto et qu'elle fut accusée d'escroquerie avant que l'on reconnaisse son génie. Un accord avec la Française des jeux lui ayant interdit de divulguer son secret, sa formule est depuis gardée dans un coffre-fort de la Banque de France. Toutefois, la rumeur prétend qu'elle transforma des destins en or, telle une Midas des temps modernes, quand elle délivra un peu de son savoir à des personnes en souffrance au cours de ses voyages autour du monde. Khadijatou... »

– Khadijatou !

La voix est trop haut perchée pour coller avec le doux son qui berçait sa rêverie. C'est M. Berton qui l'interpelle :

– Oui, monsieur ?

– Veux-tu me donner la réponse A ?

– 1/45.

– Ce qui donne en pourcentage ?

– 2,2 %

– Très bien. Et la B ?

– 4/15, soit 26,7 %.

– Bravo, mais pourquoi n'as-tu pas répondu immédiatement ? C'est la dixième fois que je t'appelle.

Quand on parle de probabilités, Khadijatou n'est plus aussi timide. En temps normal, elle n'aurait jamais osé répondre :

– Vous voulez que je sois franche, monsieur Berton ?

– Je t'en prie.

– C'est vraiment trop facile.

– Tu devrais être plus modeste, tu n'as eu que 11/20 à ta dernière interro. Comme tu viens de le faire à l'instant, tu donnes directement les résultats. Ils sont justes, mais tu sautes les démonstrations et les étapes intermédiaires. Ça n'a pour moi aucune valeur.

– Les réponses me viennent comme ça et expliquer des résultats que je connais déjà ne m'intéresse pas.

– Et qu'est-ce qui aurait l'heur de t'intéresser, chère Khadijatou ? Tu veux bien me montrer ce que tu griffonnes depuis tout à l'heure ?

– Non, c'est personnel !

Toute la classe s'agite. Vu sa réaction, Khadijatou doit sûrement écrire une lettre d'amour. Elle est si discrète qu'on ne connaît rien de sa vie privée, ce serait bien la première fois qu'on découvrirait quelque chose sur elle !

– Khadijatou, ce n'est pas une question, je l'exige !

– Monsieur Berton, s'il vous plaît, vous pouvez tout me demander sauf ça !

– Vraiment ? Tu auras donc une heure de colle vendredi.

– Mais, monsieur…

Pour rien au monde Khadijatou ne se séparerait de sa formule. Même M. Berton ne la comprendrait pas, elle est beaucoup trop compliquée. Le monde n'est pas encore prêt pour cette découverte. Elle fait semblant d'écouter la fin du cours. Tant pis pour l'heure de colle, elle aura une heure de plus pour travailler son équation. C'est le fardeau des génies d'être incompris de leurs contemporains.

CHAPITRE 5

Il fallait que ça tombe sur lui ! Dès le deuxième cours de la journée, Yanis est cueilli à froid par Mme Tayeb, la professeure de français. Pourtant, il est le roi du camouflage, toujours dans les rangs du milieu, le nez sur la table pour éviter le contact visuel. Il s'est placé exprès derrière cette fille grande, Khadijatou, comment Mme Tayeb a-t-elle pu le repérer ? À croire qu'elle a une vision laser, comme Superman. Après à peine deux semaines de cours, la prof leur a donné à lire un roman, est-ce que ce sont des choses qui se font ? Son indignation intérieure l'empêche de se concentrer pleinement sur la question. Il ne sait pas quoi répondre quand Mme Tayeb lui lance :

– Alors, Yanis ?

Ses camarades essaient de lui souffler la réponse. Ils ne sont pas très discrets et rapidement rappelés à l'ordre par la prof. Yanis aimerait bien parler, mais il ignore de quoi il retourne.

– Allez, Yanis, c'est pour hier !

Mme Tayeb le secoue de sa torpeur avec sa formule préférée. Il la connaît bien, c'est sa deuxième année avec elle. Quand elle donne un devoir à la maison et qu'un élève lui demande la date de rendu, elle emploie toujours cette phrase. Il faut lui poser une deuxième fois la question pour qu'elle accepte de livrer l'information précise. C'est devenu un jeu, et un jour que Mme Tayeb avait directement renseigné une de ses classes, une vraie déception s'était emparée des élèves. Le « c'est pour hier » de Mme Tayeb, c'est sa signature, comme le signe de mains de Jul.

Yanis roule les yeux en signe de désarroi. Est-ce que cela a enclenché un mécanisme dans son cerveau ? Une illumination le traverse. Les mots se bousculent et il les laisse aller comme ils se présentent, spontanés et généreux. Comme possédé par un génie bienveillant, il s'entend débiter un exposé qu'il applaudirait si ses deux mains n'étaient pas occupées à remuer dans tous les sens. Impossible de l'arrêter, son débit s'accélère, il ne reprend sa respiration qu'à bout de souffle, afin d'éviter de briser le charme qui est en train d'opérer. Mme Tayeb interrompt son flot de paroles au bout de cinq bonnes minutes qui, pour Yanis, en transe, sont passées comme dix secondes. Et encore, il lui semble qu'il aurait tant à dire… Quelle n'est pas sa surprise quand Mme Tayeb ajoute au mauvais goût de son intervention un accueil pour le moins réservé :

– Yanis, tu te moques de moi ?

– Pardon ?

– Tu te souviens de ma question ?

– Vous avez parlé d'un roman.

– Oui, il s'agissait de *Des souris et des hommes* de John Steinbeck et tu viens de me parler de *Huis clos* de Jean-Paul Sartre !

Comment Yanis a-t-il pu être aussi étourdi ? Il essaie d'inventer un bobard crédible, mais il s'enfonce encore plus. Pour la peine, il aura droit lui aussi à une heure de retenue vendredi. Sartre avait raison : « L'enfer, c'est les autres. »

CHAPITRE 6

Ces gens qui braillent, qui courent, qui se bousculent dans la cour de récréation, Aline ne les comprendra jamais. Ne voient-ils pas cette œuvre d'art devant leurs yeux ? Le panneau d'affichage où figure le règlement intérieur du collège est une lecture qu'elle ne raterait pour rien au monde. Surtout en cette période de rentrée des classes. Elle est la seule à l'avoir lu intégralement. Elle ne l'a pas survolé vite fait, non, elle l'a détaillé à la loupe. Elle guette le moindre changement dans les quarante-cinq alinéas qui régissent la loi du collège, d'une année sur l'autre on ne sait jamais. C'est une partition qu'elle connaît par cœur et qu'elle ne se lasse pourtant pas d'étudier. Et en ce moment, elle y est particulièrement attentive pour se préparer à l'élection des délégués de classe.

Les premières notes de *Dynamite* de BTS provoque l'habituelle ruée de la cour vers les salles. L'année dernière,

Aline a obtenu que ce tube planétaire du groupe de K-pop remplace la sonnerie stridente. Une victoire de plus. Dans la cohue, un élève en retard la bouscule violemment. Aline reconnaît immédiatement les mauvaises manières de Kevin, pour qui les autres élèves sont comme les piquets d'un slalom géant qu'il percute sans ménagement. Tous les jours il récolte une heure de colle, on dirait qu'il le fait exprès.

Dans la salle de classe, Mme Frappat a du mal à obtenir le calme. Le même chahut avait été sanctionné par une interrogation surprise lundi dernier. Une semaine après la rentrée, du jamais-vu ! Aline avait protesté au nom de la classe alors même qu'elle n'était pas encore officiellement déléguée. Sans succès, les élèves ont eu droit à des questions sur les verbes irréguliers en anglais. Les notes, annoncées à voix haute par la prof, dévoilent l'ampleur de la catastrophe. Khadijatou s'en tire tout de même avec les honneurs, 14/20. Normal, elle lit des publications de statistiques en anglais. Yanis, lui, ne s'en sort pas aussi bien, 7/20. Et ce n'est pas le pire, la moyenne générale est de 5/20 ! Aline est confiante en sa capacité à faire remonter le niveau jusqu'à ce que la sanction tombe : 10/20.

– Madame Frappat, il doit y avoir une erreur, intervient Aline.

– Non, Aline, soupire Mme Frappat, prévenue par ses collègues des réclamations incessantes de l'élève. Et laisse-moi finir la distribution des copies, s'il te plaît.

– Mais madame, ce n'est pas juste ! insiste-t-elle, les sourcils froncés.

– On en reparlera plus tard, je suis occupée.

Un frémissement parcourt la classe. Tout le monde sait que la protestation est le signe qu'Aline va se lancer dans une *loooongue* discussion. Ce qu'elle fait sans demander la permission. Elle parle comme elle écrit, en employant des formules administratives bien lourdes. On s'attendrait presque à ce qu'elle ponctue ses phrases de « cordialement » ou de « bien à vous » :

– Madame Frappat, je vous prie de bien vouloir reconsidérer ma note. Je pense que dans le contexte d'une interrogation surprise dont les résultats ne sont pas brillants, je mérite au moins 15/20, et encore, je vous concède quelques points sur la note que je pense mériter vraiment.

– Tu ne veux pas directement te noter pendant qu'on y est ? Le débat est clos maintenant, je finis de rendre les copies.

– Madame, vous ne pouvez pas…

– Aline, je te préviens, encore un mot et je te donne une heure de colle.

Une bataille furieuse se joue dans l'esprit d'Aline. Lui interdire de parler, et puis quoi encore ? C'est contraire à toutes les règles démocratiques, on n'est pas en Corée du Nord quand même ! D'un autre côté, elle n'a jamais été collée et ça l'embêterait d'ajouter une ligne peu glorieuse à son palmarès. La raison semble l'emporter quand une petite voix intérieure la titille, celle de son père, dont elle renierait toute l'éducation si elle ne réclamait pas son bon droit. C'est la digne héritière du comptable rigoureux qui s'exprime quand elle laisse échapper un « mais » qui lui vaut, à son tour, une heure de colle en fin de semaine. Aline sort sa trousse et son cahier. Elle va commencer dès à présent sa lettre de protestation au principal et tant pis, elle n'écoutera pas un mot du cours d'anglais !

CHAPITRE 7

– Qu'est-ce qu'ils ont cette année ? demande Mme Tayeb à M. Berton en salle des profs.

Mme Tayeb, la professeure principale des 3ᵉ D s'inquiète du nombre de collés. Sept en une semaine pour une classe réputée calme ! Les enseignants ont-ils été trop sévères ? Les élèves sont-ils plus dissipés cette année ? Ce vendredi, dans la salle de retenue, il n'y a que huit élèves et le seul qui n'appartient pas à sa classe est l'inévitable Kevin.

Si Mme Tayeb est encore présente après les cours, c'est parce que depuis trois ans elle anime un ciné-club tous les vendredis. Elle veut ouvrir de nouveaux horizons à ses élèves, leur faire découvrir l'histoire du cinéma. Quand elle leur montre de vieux films en noir et blanc, les rires fusent. Et certaines remarques : « C'est votre époque, pas la nôtre ! » Certes, Mme Tayeb est professeur depuis quinze ans, mais elle est bien trop jeune — même pas quarante ans — pour avoir vu au cinéma *Les Temps modernes* de Charlie Chaplin lors de sa sortie en 1936 ! Petit à petit, l'intérêt des élèves grandit et certains sont même heureux de participer au débat qui suit la projection. Elle commente avec eux la forme du film, les choix du réalisateur, elle insiste sur la construction de l'intrigue et leur explique la signification d'expressions comme « scène d'exposition », « élément déclencheur », « nœud dramatique », « résolution », etc. Aujourd'hui, c'est le premier jour de l'option. Mais il n'y a personne dans le foyer. Certes, l'année dernière les effectifs avaient déjà baissé. Après les confinements liés à la pandémie du Covid-19, c'est devenu plus dur de capter l'attention des élèves en cours et de les motiver à prendre part aux activités périphériques. Et comment lutter contre toutes ces séries proposées sur les plateformes ? Se déplacer à l'école pour regarder de vieux films est devenu ringard. La mère de Mme Tayeb lui a souvent raconté son regard émerveillé la première fois qu'elle l'a emmenée au cinéma. Cette passion, elle veut la transmettre à ses élèves, alors elle ne se démonte pas et envoie des SMS à la poignée de fidèles du ciné-club de l'année dernière. Pour quel résultat ? Une seule personne s'est donné la peine de répondre : « J'ai la flemme. » Honnête mais décourageant.

Au bout d'une heure d'attente, Mme Tayeb s'apprête à remballer son matériel de projection quand elle se dit que c'est vraiment trop bête, alors elle se rend en salle de retenue pour proposer aux élèves collés de regarder avec elle *La Haine* de Mathieu Kassovitz. Elle ne s'attendait pas à un enthousiasme débordant, mais pas non plus à l'indifférence à laquelle elle se heurte. Khadijatou est en train de travailler sa formule mathématique, toujours dans l'espoir de gagner au Loto. Aline écrit une nouvelle plainte, cette fois contre Mme Doucouré, la CPE, qui leur interdit de parler. Yanis retouche ses photos sur Photoshop. Kylian et Adama jouent en douce à un jeu sur leurs téléphones. Sékou recopie les cours qu'il a séchés. Enzo regarde des vidéos de foot. Kevin dort sur la table. Il était déjà dans cette position quand les autres élèves sont arrivés, il ne les a même pas remarqués. Si on ne le connaissait pas, on pourrait croire qu'il s'est évanoui. Mme Tayeb insiste :

– Peut-être que l'histoire va vous donner envie : il s'agit de Vinz, Saïd et Hubert, trois jeunes d'une banlieue parisienne. On les suit sur une journée après des émeutes. Abdel, un habitant de la cité, est dans le coma parce qu'il s'est fait tirer dessus par un policier… Ça vous intéresse ?

Personne ne réagit.

– Très bien, je ne vais pas vous forcer, cède Mme Tayeb. C'est dommage, la photographie en noir et blanc de ce film est incroyable.

Yanis met en pause son activité. La photo, c'est sa passion. Le noir et blanc, ce n'est pas son truc, mais pourquoi pas ?

– Madame, je veux bien venir le regarder, moi, votre film. Mais si c'est ennuyeux au bout de cinq minutes, on arrête, d'accord ? lui propose-t-il.

Le marché est conclu. Une heure plus tard, Yanis est collé au film et Mme Tayeb doit lui promettre qu'ils regarderont la fin ensemble la semaine prochaine. Peut-être qu'il n'y aura qu'une personne cette année au ciné-club, mais rien qu'à voir les yeux brillants de Yanis, ça vaut la peine, se dit-elle.

CHAPITRE 8

La semaine suivante, Yanis est seul au ciné-club pour finir *La Haine* puis en discuter avec Mme Tayeb. Il ne restait qu'une demi-heure à voir et Mme Tayeb avait prévu de passer un autre film, mais la conversation s'éternise. Yanis parle de la forme, avec un vocabulaire d'une précision qui étonne sa professeure.

– Tu t'y connais en photographie !

– Vite fait.

Soucieux de garder secrète sa passion, le jeune homme est laconique. Pour éviter de se trahir, il pose à son tour une question :

– Et vous, madame Tayeb, pourquoi vous aimez le cinéma ?

– C'est une longue histoire, répond la professeure en plongeant son regard vers ses mains.

– Nous n'aurons pas le temps de regarder un autre film et les deux heures ne sont pas écoulées…

En tant qu'enseignante, Mme Tayeb souhaite garder de la distance avec ses élèves, et son histoire avec le cinéma a commencé de façon très personnelle. Tant pis, elle choisit de se livrer.

– Le premier film que j'aurais dû aller voir au cinéma était *E.T.* de Steven Spielberg. Tu connais ?

– Juste quelques scènes à la télé, mais c'est vachement vieux !

– Merci de me rappeler mon âge !

– Je ne disais pas ça pour vous…

– Ne t'inquiète pas, je plaisantais. Et je ne me sens pas visée, je n'étais pas née lors de la sortie du film en 1982. Je devais aller le voir lors d'une projection prévue pour les dix ans du film, c'était l'objet d'une sortie au centre aéré. La file d'attente était immense…

– Pourtant, il était déjà passé à la télé, non ?

– C'est un film qu'il faut voir sur grand écran ! Le spectacle est magique…

– Mouais, les effets spéciaux sont quand même pas top…

– Si ça continue, je vais arrêter le ciné-club !

Mme Tayeb exagère son agacement. Yanis ânonne des excuses, craignant de l'avoir vexée. La professeure poursuit après un clin d'œil appuyé :

– C'était une nouvelle blague ! Je reprends : la file était tellement longue que je n'ai pas pu entrer dans la salle. Le flot des entrants s'est interrompu juste devant moi. À une place près…

– C'est moche.

– Oui, je l'ai très mal pris, j'en ai même pleuré.

– Je ne comprends pas pourquoi ça vous a donné envie alors ?

– Parce que le manque est le moteur du désir. Votre génération est saturée d'images, les jeunes sont blasés. Moi, j'ai encore plus souhaité le voir après ça.

– Ah ouais, carrément.

– Et quand je l'ai enfin vu, trois ans après, j'ai été émerveillée. L'attente avait été si longue, la frustration si grande… J'ai été éblouie par ce qu'on appelle la magie du cinéma.

– Vous en parlez tellement bien. Vous n'avez jamais eu envie d'en faire, du cinéma ?

Mme Tayeb ne s'attendait pas à ce que son récit intéresse Yanis. Elle n'en avait plus parlé depuis des années. Elle sent qu'elle en a trop dit, regarde sa montre et décrète que le ciné-club aurait dû se terminer il y a plus d'une demi-heure.

Mme Tayeb pense qu'il y aura plus de monde au ciné-club la semaine suivante. Mais sa passion la rend parfois démesurément optimiste : il n'y a que Yanis, à qui elle propose *Blow-up* de Michelangelo Antonioni, un film dont les couleurs très vives contrastent avec le noir et blanc de *La Haine*. Le Londres des années 1960 est très différent de la banlieue française des années 1990 ! Mme Tayeb choisit ce long-métrage excentrique parce que Yanis lui a posé beaucoup de questions sur la photo, et celle-ci est au centre de l'intrigue. D'ailleurs, le personnage principal de *Blow-up* est photographe. Le rêve secret de Yanis. Leur conversation d'après-film évoque l'esthétique et, une nouvelle fois, Mme Tayeb est impressionnée par le vocabulaire de son élève : contraste, lumière, saturation, angle, son vocabulaire est très technique. Mais ce n'est pas tant cet étalage qui frappe la professeure. Après tout, ce ne sont que des mots. Yanis s'attarde sur les intentions du réalisateur, sur l'effet qu'il veut produire sur les spectateurs. Il s'exprime comme un artiste. Elle se revoit elle-même, adolescente, et, sans s'en rendre compte, la conversation dérive.

– Je t'ai parlé de la première fois que j'ai vu *E.T.*, tu t'en souviens ?

– Oui, bien sûr. J'ai essayé de le voir chez moi. C'est vrai qu'il y a quelque chose…

– C'est un chef-d'œuvre, oui ! Tu sais ce que m'a appris ce film ?

– Qu'il faut savoir accepter la différence et garder son âme d'enfant ?

– Tu as bien compris le message du film. Mais ce n'est pas de ça dont je voulais te parler. Quand j'évoquais la magie du cinéma, pour moi, une scène la résume : quand Elliot et E.T. s'envolent sur le vélo pour fuir la police.

– Ah oui, quand on les voit en ombre chinoise, avec la lune derrière eux. C'est super beau !

– Oui, c'est splendide, ça a marqué l'imaginaire collectif à travers les années et pourtant, d'un point de vue scénaristique, cette scène n'a pas de sens. E.T. aurait pu les faire voler depuis le début, mais alors il n'y aurait pas eu le moindre suspense.

– Je n'y avais pas pensé. Alors c'est nul ?

– Non, c'est ce que j'appelle la magie. Le cinéma, la littérature, l'art en général… Si tu te mets à disséquer toutes les œuvres du strict point de vue de la logique, aucune, ou presque, ne l'est. L'important, c'est le rythme. Si tu tiens en haleine le spectateur, il ne remarquera pas les incohérences, ou mieux, il ne t'en voudra pas. Quel enfant ne paniquerait pas en découvrant un extraterrestre chez lui ? N'en dirait rien à ses parents ? Mais Spielberg se fiche de ces questions et il a bien raison !

Mme Tayeb est plus volubile que jamais. Elle s'agite sur sa chaise et, au bout d'un monologue passionné, elle s'interrompt.

– Désolée, Yanis, je parle toute seule.

– Non, pas du tout, ça peut m'inspirer pour mes…

C'est au tour de Yanis de se censurer. Il était sur le point de parler de ses photos. Il se reprend.

– … pour mes cours de français.

Les deux se quittent, emportant chacun son secret. Car si Mme Tayeb a goûté à la magie du cinéma, la potion a aussi été amère, mais cela, elle veut le garder pour elle…

CHAPITRE 9

Aux deux séances suivantes, Yanis est encore seul et Mme Tayeb lui annonce à regret que la projection juste avant les vacances de la Toussaint sera la dernière.

– Ce n'est pas juste, moi, ça me plaît ! proteste Yanis. Ça me fait découvrir plein de styles et ça me change les idées… Et puis vos conversations sont tellement intéressantes !

– Je suis désolée, Yanis, je te préparerai une liste de films si tu veux.

– Ce ne sera pas pareil chez moi, et puis on ne pourra pas discuter. Si la prochaine fois il y a plus de monde, on pourra continuer à la rentrée ?

Mme Tayeb cède, elle ne sait pas résister à une telle détermination. C'est pour allumer cette flamme chez ses élèves qu'elle a décidé de devenir prof.

Tout le week-end, Yanis téléphone à ses amis : Ethan, Kamelia, Enzo, Rayana, Adama, Sarah, Yacine, Apolline,

Élisa, Coumba, Aya, Samuel, etc. Les réponses sont toutes les mêmes : non, non, et non. Yanis a beau être un tchatcheur de premier ordre, il n'arrive à rien. Il ne peut pas aller les voir individuellement chez eux parce qu'il doit rendre visite à sa tante à l'hôpital, alors il espère qu'il aura plus de chance lundi, en classe. Mais il obtient le même résultat : aucun volontaire pour le ciné-club et impossible de négocier. Il cherche de plus en plus loin dans le cercle de ses connaissances et il ne reste bientôt plus que deux élèves de sa classe qu'il n'a pas encore sondées, Aline et Khadijatou. Elles sont assez solitaires, chacune dans son genre. Il les salue à peine dans les couloirs, et encore, il faut qu'il se retrouve nez à nez avec elles sans aucun moyen de les esquiver.

Depuis quelques jours cependant, Aline lui a adressé plusieurs fois la parole. Elle se présente en tant que déléguée de classe et, fait sans précédent, elle a de la concurrence. Katia, l'une des candidates, n'y connaît rien au règlement, mais elle est celle qu'on invite à toutes les soirées. Son seul programme est de remplacer BTS par Taylor Swift pour signaler le début et la fin des cours. Quant à Zinedine, lui, c'est la star de l'équipe de foot, il se prend pour son célèbre homonyme, Zidane. Ce n'est pas une compétence en soi, mais qui ne voudrait pas d'une vedette comme représentant ? Aline ne pourrait pas regarder son père en face si elle ne remportait pas le scrutin. Même si elle a obtenu des résultats remarquables en 6e, en 5e et en 4e comme déléguée de classe, elle n'est pas devenue populaire pour autant. Les gens votent pour des candidats sympas. Yanis lui-même ne choisirait pas Aline. Il se dirige à reculons vers elle pendant l'interclasse. Elle est près du panneau d'affichage, comme à son habitude.

– Salut, Aline, tu vas bien ?

– Euh oui, répond Aline, surprise.

– J'ai décidé de voter pour toi, t'es la meilleure.

– Merci. Si tu veux faire campagne pour moi, tu es le bienvenu.

– Je veux bien, mais à une condition…

– Je n'aime pas le chantage et ce serait malhonnête de gagner en trichant.

– T'emballe pas. T'as rien à perdre à m'écouter. Et tu sais bien que tu risques de perdre sans un coup de pouce.

Aline tergiverse. Doit-elle partir ou écouter ce que Yanis veut lui dire ? Elle reste parce qu'elle s'imagine la tête de son père en cas de défaite.

– J'ai une proposition à te faire : convaincre la classe de te désigner comme déléguée si tu t'inscris au ciné-club du vendredi avec Mme Tayeb.

– Pourquoi je ferais ça ? Je n'aime pas spécialement le cinéma, je ne vais quand même pas m'engager pour une année.

– Un mois seulement. Si ça te plaît, tu restes, si t'aimes pas, tu pars. Ça fera que quatre séances, c'est pas cher payé pour une victoire.

– Et si je perds l'élection mercredi ?

– Dans ce cas, tu seras pas obligée de venir au ciné-club.

– Je vais y réfléchir.

– Pas trop longtemps, je te rappelle qu'on est en pleine campagne…

Yanis la plante sur cette dernière phrase, plein de doutes sur sa capacité de persuasion. À la pause déjeuner, têtu, il ne rejoint pas sa place habituelle à la table de ses amis mais s'approche de celle de Khadijatou, seule, plongée dans ses feuilles. Il n'a pas de plan précis, il la connaît si mal. Il décide d'improviser.

– Je peux m'asseoir ici ?

– Non, répond sèchement Khadijatou.

– Ha ha ! Bonne blague ! s'amuse Yanis, croyant que c'est du second degré.

– Qu'est-ce que tu veux ? soupire-t-elle.

– Rien, juste te parler. Qu'est-ce que tu fais ?

– Des probabilités, mais j'imagine que ça ne t'intéresse pas.

– Bien au contraire !

On a déjà mentionné la passion débordante de Khadijatou. À peine lancée, elle parle de modèles, de lois, de séries, de matrices à Yanis, qui n'y comprend rien. On ne l'arrête plus ! Parfois des camarades passent devant leur table et se moquent de leur différence de taille, flagrante même quand ils sont assis. Khadijatou, qui déteste les injustices, les fait taire d'un simple regard de tueuse. Yanis profite d'une de ces intrusions pour en placer une.

– Comment t'es arrivée à te passionner pour quelque chose d'aussi original ?

– Je travaille sur une formule pour gagner au Loto.

– Non, mais sans rire.

– Je ne plaisante pas. Je veux gagner beaucoup d'argent pour aider ma mère et devenir une star.

Yanis réfléchit, il tient peut-être une piste pour convaincre Khadijatou.

– Tu sais que le ciné-club va passer *Les Tuche* vendredi prochain. C'est l'histoire de…

– … d'une famille qui gagne 100 millions d'euros au Loto, je sais, je l'ai vu, c'est mon film préféré !

– Alors viens le voir avec moi !

– Pourquoi tu veux que je vienne, je le connais par cœur !

– Comme ça. Pour le revoir. Ce sera plus drôle si on est plusieurs.

La mélodie de reprise des cours laisse la réponse de Khadijatou en suspens. Yanis se dit que pour le succès du ciné-club cette année, c'est pas gagné !

CHAPITRE 10

Mardi, Yanis arrive plus tôt au collège, il doit absolument parler à Mme Tayeb. Comme d'habitude, la professeure principale est dans sa salle de classe dix minutes avant les cours. Elle accepte de recevoir le jeune homme.

– Madame Tayeb, est-ce que vous pourriez programmer *Les Tuche* ce vendredi ?

– *Les Tuche* ? Mais tu l'as déjà vu, non ? lui demande-t-elle, interloquée.

– Oui, mais j'aimerais qu'on étudie le scénario.

– L'idée de mon ciné-club, c'est de faire découvrir aux élèves des films qu'ils n'auraient pas la curiosité d'aller voir par eux-mêmes. Dis-moi plutôt quelle est la vraie raison de ta demande.

– Bon, d'accord. Je me disais que si on passait un film populaire, peut-être que ça convaincrait plus de monde et qu'ensuite vous pourriez proposer d'autres films.

– Je vais y réfléchir. Je n'ai pas beaucoup de temps ce matin, je dois faire des photocopies.

– Merci ! s'emporte Yanis, victorieux.

– Je n'ai promis que d'y réfléchir ! le tempère Mme Tayeb, intriguée par l'enthousiasme suspect de son élève.

Yanis est regonflé à bloc par cette demi-victoire. Pendant ce temps, Aline est plantée devant le tableau d'affichage. Elle consulte minutieusement le règlement intérieur où elle relève avec fierté le point 25.b : « L'usage de tout appareil de communication — jeux, vidéo ou musique, ainsi que les téléphones portables — n'est toléré qu'à l'extérieur des bâtiments. Ces appareils doivent impérativement être éteints et rester dans les cartables pendant les cours (exception faite du foyer et de l'espace détente). » Les caractères sont petits et avec sa mauvaise vue elle aurait pu passer à côté de son triomphe : l'exception entre parenthèses, c'est elle qui l'a plaidée l'année dernière. Elle va en faire un élément central de sa campagne pour devenir déléguée de classe, mais que pèse son travail à côté des trois buts de Zinedine lors du match de ce week-end ? Et de la soirée organisée par Katia où elle n'a même pas été invitée ? Yanis se dirige vers elle quand elle reçoit un choc à l'épaule. On l'aurait parié, Kevin en est l'auteur. Aline ne proteste pas, cela ne servirait à rien, mais Yanis ne partage pas cet avis :

– Tu pourrais pas faire attention ?

Yanis interpelle Kevin. Une bataille de regards s'engage entre les deux garçons.

– C'est à moi que tu parles ? s'étonne Kevin.

– C'est marrant, c'est une phrase de *La Haine*. Oui, c'est à toi que je parle, répond Yanis en imitant la voix de Kevin.

– En plus il se fout de ma gueule, voyez-vous !

– Tu viens de bousculer la jolie fille à côté de moi et tu ne lui présentes même pas d'excuses.

– Et alors, c'est tes affaires ? Cette fille est aussi minuscule que toi. Mais quand je t'aurai défoncé, elle sera plus grande que ce qu'il restera de toi.

Aline, spectatrice de la scène, n'entend pas la suite. Elle s'est arrêtée à « jolie fille », et depuis, son cœur bat plus fort que tous les bruits autour d'elle. C'est la première fois qu'on dit ça d'elle. Elle considère Yanis d'un autre œil : c'est un prince charmant qui brave un dragon dangereux. Et de la bouche de Kevin, ce sont des postillons plutôt que des flammes qui s'échappent copieusement. Elle reprend ses esprits au moment où les deux garçons s'empoignent. Yanis poursuit avec véhémence :

– Souviens-toi de ce que je t'ai dit la dernière fois à propos de Joachim.

– Ah oui, ce gros mytho sur ce gars que tu aurais envoyé à l'hôpital et que personne connaît ?

– Moi, je le connais, intervient Khadijatou.

Elle a beau être timide, l'injustice la révolte, la violence la dégoûte. C'est pourquoi elle n'a aucun scrupule à mentir : elle ne connaît pas ce Joachim qui, de toute façon, n'existe pas. Elle s'adresse à Yanis :

– Enfin, je l'ai connu avant que tu lui casses la gueule. Après, ça n'a plus jamais été le même…

– Tu déconnes pour défendre ce pauvre type, hein ? s'étrangle Kevin.

Le voile dans sa voix trahit son doute. Sa poigne est moins forte sur l'épaule de Yanis qui se dégage, réajuste le col de sa veste puis sautille sur place. La danse du boxeur prêt à en découdre s'interrompt au gong : la sonnerie marque la fin du deuxième round d'observation, aucun coup n'ayant été donné. Les deux garçons se tournent le dos et chacun regagne sa classe. Aline entend le refrain de *Dynamite* de BTS : « Cause I'm in the stars tonight [1]. » Ce matin, elle est dans les étoiles grâce à Yanis, son prince charmant…

1. « Parce que je suis dans les étoiles ce soir. »

CHAPITRE 11

Aline hésite sur les termes à employer et pourtant elle s'était juré d'écrire la plus belle lettre de protestation pour réclamer le remboursement d'un lot de brosses à dents. Son père, à ses côtés pour s'adonner à ce petit plaisir partagé du mardi soir, est inquiet :

– Aline, tu es souffrante ?

– Non, papa.

– Tu n'as pas écrit une ligne, ou presque.

– Je sais bien, je ne trouve pas les bons mots.

– Ça ne te ressemble pas. C'est peut-être à cause de la cantine, tu m'avais dit que la nourriture n'était pas très bonne. Tu veux qu'on leur envoie aussi une lettre ?

– Papa…

Aline soupire d'agacement alors qu'une telle idée devrait la réjouir. Une lettre de plus, c'est un bonheur supplémentaire dans sa vie. Cette maxime lui paraît soudain moins convaincante. Si elle reste plantée devant sa feuille, c'est avant tout pour que son père ne s'inquiète pas pour sa santé. En vérité, toutes ses pensées convergent vers Yanis.

***

Mardi soir, Yanis a téléphoné à tous ses potes pour les convaincre de voter pour Aline à l'élection des délégués de classe. Ce mercredi, en cours de français, gros suspense au moment du dépouillement. Les noms défilent : Zinedine, Katia, Aline. À la fin, Zinedine et Aline sont élus, Aline a une voix d'avance sur Katia ! Cette dernière proteste, elle demande un nouveau décompte et promet tout et n'importe quoi à ceux qui voteront pour elle. Mme Tayeb reste ferme et valide les résultats. Katia est dégoûtée, sa popularité est remise en question et elle jure de se venger des « deux amoureux », comme elle appelle désormais Yanis et Aline. La journée est décidément parfaite parce que, à la fin du cours, Khadijatou, qui a aussi voté pour Aline, accepte d'aller au ciné-club.

Il ne reste plus qu'à convaincre Mme Tayeb de programmer *Les Tuche*. Comme tout se passe bien jusque-là, Yanis est confiant, la loi des séries joue en sa faveur. Il est tout surpris quand la prof principale refuse. Pas de chance, le film est diffusé à la télé ce dimanche soir ! Yanis n'avait pas vérifié le programme.

– Pourquoi tiens-tu particulièrement à ce film ? lui demande Mme Tayeb.

– Bon, je vais tout vous avouer : c'est pour que Khadijatou accepte de venir au ciné-club. Elle rêve de Loto, je lui avais dit que si elle venait ce vendredi, *Les Tuche* serait au programme.

– Elle n'aime que les jeux d'argent ?

– Et les statistiques, mais bon, à part un cours sur YouTube, je ne vois pas ce qui pourrait lui plaire.

La réponse de Yanis donne une petite idée à Mme Tayeb.

– Dis à Khadijatou de venir vendredi, elle ne sera pas déçue, affirme-t-elle avec un air mystérieux.

***

Vendredi, c'est le dernier jour avant les vacances de la Toussaint et Mme Tayeb ne s'attendait pas à accueillir quatre personnes au ciné-club. Aux côtés de Yanis, il y a Khadijatou, Aline et Kevin. La terreur du collège adore *Les Tuche* et ne rate jamais une occasion de le revoir. Quand Mme Tayeb lance le film qu'elle a choisi, *Les Figures de l'ombre*, Kevin et Khadijatou sont furieux de s'être fait avoir.

– Ce n'est pas du tout ce qui était prévu ! lance Khadijatou, hors d'elle.

– C'est nul, moi, je me casse, décrète Kevin, joignant le geste à la parole.

Aline est la seule à rester indifférente, elle est là uniquement pour remplir sa part du contrat avec Yanis. Celui-ci est fâché, Mme Tayeb ne l'a pas prévenu du changement de programme. Il s'est débrouillé pour lui amener de nouveaux spectateurs et voilà qu'elle les fait fuir avec une œuvre inconnue dont le titre ne donne franchement pas envie ! Devant les réactions hostiles des élèves, la prof leur soumet une proposition :

– Si au bout de vingt minutes, le film ne vous plaît pas, c'est promis, on passe aux *Tuche*.

Avec un argument pareil, Khadijatou se laisse convaincre. Avant de lancer le film, Mme Tayeb prévient qu'il est un peu long. Mais à sa grande surprise, pendant 2h07, Khadijatou reste scotchée à l'écran. La collégienne ne connaissait pas l'histoire vraie de Katherine Johnson, Dorothy Vaughan et Mary Jackson. Ces trois femmes afro-américaines ont travaillé pour la Nasa dans les années 1960 et ont grandi pendant la ségrégation raciale aux États-Unis. Elles n'avaient pas le droit d'aller dans les mêmes toilettes que les Blancs, elles devaient marcher pendant de longues minutes pour se rendre à l'autre bout du site, dans celles réservées aux Noirs. Grâce à leur courage et à leur persévérance, elles ont réussi à obtenir des postes à très haute responsabilité dans la plus grande agence spatiale du monde. Khadijatou, venue à cette première séance en traînant les pieds, repart en sautillant et en se promettant de revenir après les vacances. Et Aline semble, elle aussi, très contente de cette découverte. Mme Tayeb se dit que trois participants, c'est peu, mais trois participants motivés, Yanis, Khadijatou et Aline, ce sera amplement suffisant. Elle va leur proposer une petite surprise à la rentrée…

CHAPITRE 12

Pour la reprise du ciné-club après les vacances de la Toussaint, Mme Tayeb a programmé *A Star Is Born*, avec Lady Gaga et Bradley Cooper. Une chanteuse inconnue qui devient célèbre, voilà qui parle à Khadijatou. Elle a les mêmes rêves de gloire. Yanis évoque la super photographie et le cadre incroyable du film. Aline ne sait pas trop quoi en penser.

Tout le monde s'apprête à repartir quand Mme Tayeb leur demande de rester pour leur proposer un challenge : et si le groupe participait à un concours de scénarios organisé par le conseil régional d'Île-de-France ?

– Moi, je suis partant, répond aussitôt Yanis, prêt à relever le défi.

Il regarde Aline avec insistance. Les yeux de sa voisine pointent vers ses chaussures, elle ne sait pas quoi répondre.

Elle a un coup de cœur pour Yanis, mais est-ce que c'est une raison suffisante pour s'engager dans un concours dont elle se fiche et qui risque de lui coûter du temps sur l'écriture de ses lettres de réclamation ? Heureusement, Khadijatou intervient :

– Qu'est-ce qu'il y a à gagner ?

– Bonne question ! convient Mme Tayeb. Les vainqueurs se verront offrir du matériel pour réaliser un court-métrage.

– Même pas un peu d'argent ou un voyage ? demande Khadijatou qui rêve toujours de pouvoir gâter sa mère et son petit frère.

– Non.

– Alors à quoi ça sert ? insiste-t-elle.

Khadijatou pense que l'argent est plus important que tout. Les sacrifices de sa mère, les fins de mois difficiles et les achats impossibles ont forgé son obsession, partagée par ses camarades, y compris ceux qui ne connaissent pas les mêmes privations. Qui ne rêve pas d'être à la place de ces stars, de ces influenceurs qui s'éclatent aux quatre coins ensoleillés du monde ? Mme Tayeb ne peut pas le comprendre, pense l'adolescente, elle vit sur une autre planète, celle des privilégiés. La suite de son argumentaire ne fait que confirmer son impression :

– Tout ne se résume pas à l'argent, lui fait remarquer Mme Tayeb. Ce que je vous propose, c'est d'accomplir quelque chose ensemble, d'être créatifs et de vous dépasser. Je sais que vous en êtes capables. Mais si tu penses que ça n'en vaut pas la peine, nous ne participerons pas au concours. Il faut être au minimum trois d'après le règlement. J'avais pensé que votre petit groupe de cinéphiles serait intéressé. Moi, je crois en vous.

– Mouais… marmonne Khadijatou.

L'adolescente aime lire des essais de développement personnel et écouter des discours de motivation, mais celui-ci ne prend pas. Se dépasser, c'est bien beau, mais il faut une raison pour agir dans la vie. Elle demande à Mme Tayeb quelques minutes de réflexion pour la forme, sachant très bien qu'elle va répondre non. Yanis veut en profiter pour la convaincre et il l'entraîne dans le couloir avec Aline, soulagée de la défection annoncée. Elle serait bien embêtée de participer à ce concours perdu d'avance et tout autant de répondre non à Yanis.

– Khadijatou, tu as entendu ce qu'a dit Mme Tayeb. Elle croit en nous.

– Oui, et alors ?

– T'imagines si on gagne ?

– On aura du matériel vidéo. Qu'est-ce que tu veux que ça me fasse ?

– Il n'y a vraiment que l'argent qui compte pour toi ?

– Tu vis où, Yanis ?

– Je vois pas le rapport.

– Tu habites un bel appartement chez les bobos, tu peux pas me comprendre, tu sais pas ce c'est, le manque, s'agace Khadijatou.

Yanis s'apprête à protester, mais il se retient. Oui, il vit dans un des beaux quartiers d'Aubervilliers, son père a une belle situation professionnelle, le frigo est toujours rempli, il est couvert de cadeaux lors des fêtes, son argent de poche lui permet d'assouvir sa passion coûteuse pour la photographie. Il n'avait jamais réfléchi à sa position sociale et, pour une fois, le tchatcheur est à court d'arguments. Aline lui lance un regard interrogatif de biais, auquel il répond par un haussement d'épaules.

– Je ne vais pas te forcer, ce serait nul, concède-t-il.

Yanis vient de prendre une bonne leçon. Ses dernières séries de photos parlent du contraste entre riches et pauvres. Il n'avait jamais réfléchi à son positionnement en tant qu'observateur, pas tout à fait riche mais certainement pas pauvre. Lorsqu'ils reviennent dans la salle de classe, sa mine défaite et l'air détaché des deux filles disent tout du résultat de leur discussion. Mme Tayeb comprend qu'elle voulait entraîner ses élèves dans ce projet pour des raisons égoïstes.

– Excusez-moi d'avoir insisté. Tu sais, Yanis, il y a quelques semaines, tu m'avais demandé pourquoi je n'avais pas fait de cinéma… hésite Mme Tayeb.

– Oui, je m'en souviens. Alors, pourquoi ?

Khadijatou, qui était pressée de partir, reste par curiosité. Aline, pour attendre Yanis.

– Un jour, j'ai participé à un concours de scénarios avec un groupe motivé. Nous étions très fiers de notre travail. Ce qui s'est passé ensuite m'a dégoûtée…

– Quoi ? demandent en chœur ses trois élèves.

– Nous n'avons pas gagné… commence la professeure.

– Ce sont des choses qui peuvent arriver, la coupe Khadijatou, qui fait référence à son expérience du Loto.

– Oui, mais je n'ai jamais avalé la raison de notre défaite. Le jury a considéré que des élèves de notre lycée ne pouvaient pas avoir écrit un texte aussi élaboré. Ils pensaient que, parce que nous habitions en banlieue, nous devions avoir un vocabulaire et une vision… disons… plus limités.

– Vous venez d'une banlieue riche, vous aussi ? demande Khadijatou sur un ton moqueur.

– Si on peut dire que les Francs-Moisins à Saint-Denis est un quartier riche, alors oui, réplique l'enseignante avec la même ironie.

Khadijatou n'est pas très fière de sa remarque, d'autant qu'elle perçoit, à son phrasé inhabituellement haché, que Mme Tayeb est encore marquée par cet épisode.

– Toutes mes excuses, madame, j'ai été bête, regrette l'adolescente.

– Non, c'est moi. Je pense qu'à travers vous, c'est une revanche que j'ai voulu prendre. Je n'avais pas à vous mêler à ça, s'excuse-t-elle à son tour.

Khadijatou sent quelque chose la remuer de l'intérieur. La rage. Ce qu'ont vécu Mme Tayeb et ses camarades est injuste. Pourquoi on limiterait les habitants de banlieue dans leurs ambitions ? Elle vient de trouver une bonne raison de participer à ce concours. Ses yeux s'illuminent. Mme Tayeb le remarque et la tempère aussitôt :

– Je ne veux pas que vous vous engagiez pour de mauvaises raisons, et la pitié serait la pire de toutes.

– Madame Tayeb, l'interrompt Khadijatou, vous vous trompez. Je veux participer à ce concours par fierté.

– La mienne ? l'interroge l'enseignante.

– Non, la nôtre, conclut Khadijatou.

Elle n'a pas besoin de préciser ce qu'elle met dans ce « nous » : les pauvres, les banlieusards, les exclus, les relégués. Quelques minutes de discussion supplémentaires seront nécessaires pour convaincre Mme Tayeb, qui les prévient : il faudra être sérieux, disciplinés et créatifs. Elle énonce les qualités nécessaires pour écrire un scénario, mais elle oublie un énorme détail qui va avoir de lourdes conséquences, elle ne s'en apercevra que plus tard dans la semaine. Bien trop tard.

CHAPITRE 13

Pendant le week-end, Yanis a renoncé à un tournoi de foot, Khadijatou à ses calculs de probabilités et Aline, dont toutes les pensées convergent vers Yanis, a accumulé du retard dans la rédaction de ses lettres de réclamation. L'équipe de scénaristes en herbe a décidé de se réunir le lundi à 16 h 30, après le dernier cours. Sans Mme Tayeb, pour prendre de l'avance. Certains de leurs camarades leur ont demandé où ils allaient comme ça avec leurs mines de conspirateurs. Yanis a fait jurer à Khadijatou et à Aline de garder le secret, ce serait la honte devant ses potes s'ils savaient qu'il veut faire du cinéma, en plus avec des filles. Il devine ce qu'ils lui diraient : pour qui tu te prends, pour Quentin Tarantino ou Jordan Peele ? On se moquerait sûrement de ses ambitions artistiques, ce n'est pas pour rien qu'il n'a jamais parlé à personne de sa passion pour la photographie. Il n'en a évidemment touché un mot ni à Khadijatou ni à Aline.

Khadijatou claque des doigts devant Yanis pour le tirer de sa rêverie. Il pense au coup de fil de ce matin : sa tante Djamila a été victime d'une rechute. Son père s'est précipité à l'hôpital en lui faisant croire qu'il n'y avait rien d'alarmant. Il l'a ensuite appelé dans l'après-midi pour l'informer que les visites étaient annulées à cause de son état de faiblesse généralisé, sinon Yanis aurait accouru au chevet de sa tante. Il pensait que la réunion lui changerait les idées. Rien à faire. D'ordinaire loquace, il est renfrogné. Tout le contraire de Khadijatou, qui prend très à cœur le rôle de générale en cheffe qu'elle s'est attribué. Ce concours sera une vengeance : contre tous ceux qui, comme Mme Tayeb jadis et comme elle, ont été lésés par le sort. Elle se tourne vers Aline, qui obéit instinctivement à son ordre silencieux de détailler le règlement.

D'une voix monocorde, l'adolescente tatillonne explique que l'inscription comporte deux étapes. La première consiste à remplir un formulaire sur lequel les participants doivent renseigner certains éléments de leur état civil (nom, prénom, âge, adresse…), leur établissement scolaire, leur classe et le nom du professeur encadrant ainsi que le titre du projet. C'est une démarche purement administrative à faire dans les jours qui viennent.

La deuxième étape consiste à rédiger un synopsis et une note d'intention d'une page chacun au maximum à envoyer d'ici quelques semaines. C'est l'examen de ces documents qui déterminera les vainqueurs du concours, chaque équipe devant être composée de trois à six personnes. Yanis accompagne cette dernière phrase par un bâillement à faire trembler les murs pour bien marquer son ennui. Le règlement, ce n'est pas son truc, encore moins aujourd'hui. Khadijatou, elle, exagère son enthousiasme pour créer un esprit d'équipe :

– C'est encore plus simple que je pensais ! On devra même pas écrire tout le scénario !

– Ah ouais ? Parce que tu sais ce que c'est, toi, un synopsis et une note d'intention ? l'interrompt Yanis, cassant.

Khadijatou hausse les épaules. Elle cherche une réponse du côté d'Aline, qui lui renvoie la même expression d'ignorance.

– Eh bien tu vois, les élèves des beaux quartiers de Paris, eux, ils savent ce que c'est depuis qu'ils ont dix ans. Et tu crois vraiment qu'on va les battre ? ironise Yanis.

Khadijatou sent que Yanis n'est plus aussi motivé qu'au début. C'est pourtant lui qui a eu l'idée de participer à ce concours, et voilà qu'il se dégonfle ! Ce n'est pas normal.

– Qu'est-ce qui se passe, Yanis ? Tu veux abandonner ? demande Khadijatou.

– Tu sais que le concours est ouvert à tous les collèges d'Île-de-France ? Tu te rends compte de ce que ça signifie ? Que même les établissements les plus prestigieux peuvent y participer. On n'a aucune chance.

– Pourquoi ? On est plus nuls qu'eux ? proteste Khadijatou.

– Oui ! assure Yanis.

Khadijatou ne sait pas quoi répondre. Yanis, inquiet de l'état de santé de sa tante, n'a rien confié de ses préoccupations personnelles, à l'origine de sa mauvaise humeur et de son pessimisme. La cheffe autoproclamée se sent à son tour découragée. Après tout, et si son camarade avait raison ? Il était le plus motivé et voilà qu'il baisse les bras. D'une petite voix timide, Aline ose intervenir :

– Et toi, Yanis, tu savais déjà que tu allais battre Kevin hier quand tu m'as défendue ?

– Ça n'a rien à voir.

Cette intervention d'Aline donne un argument à Khadijatou. Regonflée, elle affirme :

– C'est exactement la même chose : peu importe l'incertitude quant au résultat, on va se battre.

Khadijatou décide qu'ils se retrouveront mercredi à 15 heures au foyer. Il n'y a pas cours ce jour-là, ils prouveront ainsi leur détermination et épateront Mme Tayeb lors du prochain ciné-club.

CHAPITRE 14

Le mercredi suivant, Aline est arrivée en avance au foyer pour prendre le temps de vérifier le tableau Excel qu'elle a préparé. Une véritable œuvre d'art dans laquelle chaque scénariste sera identifié par un onglet spécifique qui sera reversé vers un document final qui s'alimentera automatiquement. Un programme leur attribuera un code couleur : pour Aline le bleu, pour Yanis le rouge et pour Khadijatou le vert. Elle a aussi prévu une police de caractère différente pour chaque forme de texte : les dialogues centrés sur la page, le nom des personnages en gras et en majuscules, les indications scéniques en italique… Bref, Aline est parée pour cette séance, une vraie pro. Maniaque, elle vérifie son document pour la dixième fois, mais elle regrette que son sens du détail ne soit pas partagé. Il est 15 h 20 et personne n'est encore arrivé. Elle est la seule à prendre ce travail au sérieux ?

À 15 h 30, Yanis se montre enfin. Aline oublie aussitôt tous ses reproches. La présence du jeune homme lui fait perdre ses moyens, au point qu'elle fait tomber tous ses papiers. Yanis, collé à son téléphone, semble indifférent. À peine marmonne-t-il un « salut ». C'est comme si Aline n'existait pas. Il ne prend même pas la peine de la regarder quand il lui demande :

– Aline, elle est où Khadijatou ?

– Je ne sais pas. Elle est encore plus en retard que toi.

Ces propos remplis de sous-entendus ne font pas réagir Yanis. Aline s'approche de lui, elle voit qu'il fait défiler des images sur son écran. Ainsi, elle est moins importante que des photos ? Elle s'interroge sur les raisons qui l'ont conduite à s'embarquer dans ce ridicule projet. En façade, il y avait l'élection des délégués de classe mais, en vrai, elle est attirée par Yanis, qui se fiche complètement d'elle. Au lieu de consacrer sa soirée à rattraper le retard accumulé dans ses lettres de réclamation, elle a perdu du temps sur ce stupide fichier Excel. Elle aurait dû le deviner, personne ne s'est jamais intéressé à elle, à part ses parents. Yanis dévoile son vrai visage.

Aline est d'une humeur détestable quand Khadijatou arrive enfin, à bout de souffle. Sans s'excuser, elle commence à parler des idées qui lui sont venues la nuit dernière. Elle est tellement emballée que les mots se bousculent dans sa bouche. Comme par hasard, Yanis arrête de regarder ses photos pour l'écouter. Il n'en faut pas plus pour qu'Aline laisse éclater sa colère :

– Tu débarques avec une heure de retard et c'est tout ce que tu trouves à dire ?

– Pardon ?

– Tu as très bien entendu, Khadijatou. Tu ne nous donnes même pas une explication, comme si c'était normal.

– Rappelle-moi, t'es ma prof ou quoi ? Tu veux un mot d'excuse ?

– Non, mais si on veut travailler ensemble, on se doit un minimum de respect, tu ne crois pas ?

Elle se tourne vers Yanis, qui ne relève pas. Il est de nouveau captivé par son écran, une attitude dédaigneuse qui fait regretter à Aline d'avoir plaidé l'autorisation des portables dans le foyer.

– Il y a une grève des transports. Un chauffeur a été agressé. Je pouvais pas le prévoir.

– Je parie que tu n'as pas raté ton Loto du jour…

– Ça te regarde ?

Khadijatou bout à l'intérieur. Elle lutte contre elle-même. La vérité lui commande d'admettre qu'Aline a raison, elle a bien validé sa grille de Loto grâce à sa mère. Sa fierté la pousse à le nier. La raison lui souffle qu'elle ne pouvait pas savoir qu'il y aurait une grève surprise qui, par définition, est imprévisible. Poser les faits de la façon la plus objective possible, c'est le conseil qu'elle a lu dans l'un des manuels qu'elle a empruntés à la bibliothèque municipale hier. Pour affirmer son leadership, elle a passé la soirée à lire *Comment animer une équipe ?*, *L'Art du management* et *Rester positif en toute occasion*. La première règle de la gestion de conflits est de construire à partir des points communs plutôt que d'insister sur les différences. Plus facile à dire qu'à faire pour Khadijatou. Elle est très calme en apparence, mais il ne faut pas l'embêter ! Son orgueil prend souvent le dessus.

– Déjà, tu devrais être contente d'être dans l'équipe, personne te calcule dans la classe.

Khadijatou s'interrompt. Mais trop tard, en une phrase elle a mis à mal tous les enseignements du management et de la communication non violente. Pas besoin d'avoir lu mille bouquins pour comprendre qu'elle est allée trop loin. Aline détourne le regard pour cacher ses larmes quand la porte s'ouvre brusquement sur Kevin. Il dévisage Khadijatou, Aline et Yanis qui sont désormais seuls dans le foyer. Les deux filles, prises par leur discussion et le garçon, hypnotisé par son portable, n'ont pas remarqué que tous les autres élèves étaient partis progressivement.

La terreur du collège les apostrophe :

– Qu'est-ce que vous foutez là ?

– Ça te regarde ? répond Khadijatou, bien décidée à ne pas se laisser faire.

– Oui, parce qu'à partir de 16 heures, ici, c'est ma salle. Mes potes vont venir me rejoindre. Je vous laisse trente secondes pour sortir ou…

– Ou quoi ? finit Yanis, qui se détourne enfin de son écran.

– Toi, tu m'as déjà assez fait chier comme ça, on va voir si tu joueras toujours au mec quand je t'aurai défoncé la gueule.

Kevin se dirige d'un pas décidé vers Yanis, lui-même prêt à en découdre. La contemplation de ses photos était un simple moyen de se détourner de la tristesse qui le ronge de l'intérieur. C'est tellement injuste que tata Djamila souffre autant. Ce sentiment, Kevin vient de le transformer en rage. Tant pis s'il risque de se faire casser la gueule ! Yanis bombe le torse pour se grandir et avance, l'écume aux lèvres, vers la terreur du collège qui le dépasse d'une tête. Dans un réflexe protecteur qui ne lui ressemble pas, la discrète Aline s'interpose entre eux. Toute sa peine éclate d'un seul coup.

– Non mais ça va pas ? J'en ai marre, marre, marre !

Surpris, Kevin recule, Yanis la regarde bizarrement et Khadijatou se rapproche d'elle pour faire, elle aussi, barrage entre les deux coqs. La scène ressemble à l'un de ces longs moments de flottement qui précèdent le duel dans un western. Le calme avant la tempête. Au lieu d'une musique de film, c'est une voix qui tonne. Tous reconnaissent Mme Tayeb avant qu'elle ne franchisse le seuil :

– C'est quoi, ce vacarme ?

La professeure de français entre en trombe. Les mains sur les hanches, elle fixe chaque élève dans le blanc des yeux. « Waouh, ça, c'est du charisme comme on ne l'apprend pas dans les livres de management ! », se dit Khadijatou. Le premier à répondre est celui qui a le plus à se reprocher :

– Rien, madame, ment Kevin.

– Rien du tout, confirme Yanis.

– Khadijatou, Aline, vous voulez bien m'expliquer ce qui se passe ici ? insiste Mme Tayeb, pas dupe.

– C'est le concours de scénarios, réplique Khadijatou légèrement hésitante. On a commencé à en discuter et c'est monté dans les tours entre nous. On voulait vous faire la surprise pour vendredi, c'est raté.

– Kevin est dans votre groupe ? s'étonne la professeure de français.

– Disons qu'on réfléchit à sa participation, ironise Yanis.

– Bon, mais je suis contente de vous trouver là. Je suis très embarrassée, j'ai commis une énorme erreur, je viens tout juste de m'en apercevoir. La date d'enregistrement pour le concours… c'était pour hier !

– Vous dites toujours ça, madame Tayeb, s'amusent les élèves en chœur.

– Cette fois, hélas, ce n'est pas une simple expression, la date de clôture des inscriptions était bien hier.

Aline plonge le nez dans le formulaire, qu'elle relit scrupuleusement. Inutile d'attendre sa confirmation, l'expression sur son visage résume la situation : ils ont failli se battre, au sens propre et au sens figuré, pour rien.

CHAPITRE 15

Mme Tayeb bafouille des excuses, elle est désolée, c'est sa faute. Quand elle a vérifié la date limite, il était déjà trop tard. Elle ne savait pas que ses élèves se prendraient au jeu ! C'est vraiment dommage. Est-ce un acte manqué ? A-t-elle choisi inconsciemment l'abandon plutôt que l'échec pour protéger ses élèves ? En les empêchant de s'inscrire, elle leur évite de subir la même désillusion qu'elle, vingt-cinq ans auparavant. Toutes ces questions traversent la professeure de français face aux regards interrogatifs des jeunes cinéphiles. Après un silence de plomb, elle leur demande s'ils viendront quand même au prochain ciné-club et n'obtient pour toute réponse qu'un soupir général de dépit. La mine déconfite de ses élèves lui fend le cœur. Seul Kevin a l'air radieux. Mme Tayeb, pressée par une urgence familiale, doit rentrer chez elle. Pourtant elle hésite, mais finit par partir à reculons.

Aussitôt qu'elle a quitté le foyer, Kevin ne se retient plus pour exploser de rire :

– Alors comme ça, vous avez vraiment cru que vous alliez devenir scénaristes ?

Kevin se frappe à grands coups sur les cuisses, il est ravi de la détresse de ses camarades. Il imite avec un certain talent les expressions corporelles de chacun : Aline, les bras croisés comme une gamine boudeuse ; Khadijatou, les yeux noirs, folle de rage ; et Yanis, dont le soulagement manifeste contraste avec la déception de ses camarades. L'image que leur renvoie Kevin rend la situation encore plus cuisante.

– Ça m'ennuie de l'avouer, mais Kevin a raison, de toute façon, on n'avait aucun espoir, concède Yanis.

– Ouais, et c'est bien la preuve que j'ai pas de chance, se lamente Khadijatou.

– Je n'en reviens pas d'être passée à côté de la date de clôture des inscriptions, se désespère Aline.

– Allez, les bouffons, je vous laisse le foyer pour pleurer ensemble, je vais dire aux potes qu'on se voit dehors pour une fois, mais c'est la dernière, voyez-vous ! J'ai autre chose à faire qu'à perdre mon temps avec les Omar Sy du pauvre, conclut Kevin en sortant.

C'est vrai ça, comment ont-ils pu croire qu'ils allaient devenir scénaristes ? Leur prof n'a même pas été capable de lire correctement le règlement du concours ! Eux qui pensaient pouvoir compter sur elle… Est-ce que ça se serait passé de la même manière dans un collège parisien ? Sûrement pas. Ils étaient condamnés avant même de commencer, un symbole de leurs vies. En deux séances de travail, ils n'ont rien produit et ils s'imaginaient pouvoir gagner ? Au lieu de se battre pour un objectif commun, ils se sont éparpillés et divisés. La meilleure façon de faire du surplace. La prochaine fois, ils éviteront de se faire des illusions. Leur erreur aura été de croire qu'avec ce projet tout allait être différent. Têtes basses et sans un mot, ils aident Aline à ranger les affaires qu'elle avait déballées. Yanis lit d'un ton las le point du règlement qui a signé la fin de leur aventure :

– « La date de dépôt des dossiers est fixée au mardi 8 novembre. À déposer impérativement en mains propres dans les locaux du conseil régional d'Île-de-France. »

– Ça va, remue pas le couteau dans la plaie, se plaint Khadijatou.

– T'as raison, ça sert à rien. En plus, je comprends rien à leur charabia : « Par souci d'équité, le jury pourra accorder un jour supplémentaire pour des raisons qu'il lui sera loisible de qualifier de valables. Toute réclamation au-delà de ce jour sera automatiquement rejetée. » Je suis sûr qu'ils utilisent des phrases que personne ne peut comprendre pour nous dégager d'office.

– Attends, tu viens de l'inventer, cette phrase, ou tu l'as lue ? demande Aline, interloquée.

– Tu crois que j'emploierais des termes comme « équité » ou « loisible » ? Je sais même pas ce que ça veut dire.

– Moi, je sais ! s'exclame Aline, tellement fort que son cri fait sursauter ses camarades.

Khadijatou et Yanis interrogent Aline du regard. Sans leur prêter attention, la maniaque se plonge à nouveau dans la lecture du règlement. Cette fois, elle déchiffre même les caractères minuscules. Champollion aurait pu prendre des leçons auprès d'elle !

– Alors ? l'interroge Khadijatou.

– Alors, ça veut dire qu'on a peut-être encore une chance de participer au concours.

– Il faut prévenir tout de suite Mme Tayeb ! s'illumine Khadijatou.

– Elle a dit tout à l'heure qu'elle rentrait chez elle, rappelle Yanis.

Khadijatou décide qu'ils feront sans elle ! Yanis est dubitatif. Il ne sait pas s'il veut ou non participer à ce concours. En apprenant que la date d'inscription était passée, il s'est senti soulagé d'un énorme poids, celui de la peur du ridicule. Tout à l'heure, quand Aline et lui attendaient Khadijatou, il n'a pas osé montrer à sa camarade les photos qu'il avait prises le matin même. Pourtant, il aurait aimé lui faire découvrir cette série réalisée au parc de la Villette. Mais la honte l'a coupé dans son élan. Ce n'est pas la première fois qu'une telle paralysie l'emporte contre cette autre partie de lui-même qui souhaiterait partager sa passion avec les autres. La peur de perdre le tétanise en ce moment même, au point que si cela ne tenait qu'à lui, il abandonnerait illico. Mais c'est lui qui a entraîné dans cette aventure ses deux camarades, alors il se doit d'être à la hauteur de leur engagement. Quand Aline les informe qu'il faut téléphoner à une certaine Mme Vignal du conseil régional d'Île-de-France pour la convaincre de les repêcher, Yanis se propose de l'appeler. C'est un super tchatcheur, il est taillé pour le rôle. Il compose le numéro qu'Aline a trouvé sur Internet. Une sonnerie, deux sonneries, dix sonneries dans le vide. Persuadé d'être enfin libéré de sa mission, il râle pour la forme contre les administrations qui ferment à 16 h 30 ! Il hausse les épaules en signe d'abandon : au moins, ils n'auront pas de regrets à avoir, ils auront essayé jusqu'au bout. Au moment où il s'apprête à raccrocher, une voix se fait entendre dans le haut-parleur :

– Conseil régional d'Île-de-France, bonjour.

– Euh bonjour, vous êtes madame Vignal ?

– Oui, elle-même à l'appareil. Que voulez-vous ?

– C'est au sujet du concours de scénarios.

– Ah, je suis désolée, les inscriptions sont closes, c'était pour hier.

L'expression favorite de Mme Tayeb provoque un sourire désabusé sur le visage des trois camarades. Yanis poursuit :

– Le règlement prévoit que « par souci d'équité, le jury pourra accorder un jour supplémentaire pour des raisons qu'il lui sera loisible de qualifier de valables ».

– Vous êtes bien les seuls à avoir remarqué cet alinéa. Eh bien, quelles sont vos raisons ?

– Nous avons été informés de l'existence du concours alors que la date limite était déjà passée. Il s'agit d'un cas d'iniquité manifeste. Notre professeure nous a prévenus en retard. Elle n'avait pas vraiment fait attention à l'échéance.

– Notre responsabilité n'est donc pas engagée. De plus, l'information a été affichée il y a deux mois dans tous les collèges d'Île-de-France !

– Franchement, vous pensez que les élèves lisent les panneaux ? Même dans les beaux quartiers, je suis sûr que non !

– Vous êtes de quel établissement ?

– Le collège Henri-Wallon d'Aubervilliers, la 3e D de Mme Tayeb.

– Mme Tayeb ? Incroyable, c'était ma prof de français ! Je l'aimais beaucoup, mais je crains que ça ne soit pas une raison suffisante.

– Écoutez quand même mon argument, c'est toujours le même : l'inégalité d'accès à l'information. Je parie que parmi les participants, il n'y a aucun établissement de banlieue !

– Vous vous trompez, jeune homme, il y en a.

Khadijatou et Aline secouent la tête de dépit. Qu'est-ce qui lui a pris de décréter qu'aucun collège de banlieue ne participait au concours ? Mme Vignal reprend :

– Nous avons Versailles, Neuilly, Garches, Saint-Germain-en-Laye, Rambouillet…

– Vous jouez avec les mots, madame Vignal, vous ne citez que des villes riches, je vous parle, moi, des quartiers populaires. Je ne demande aucun régime d'exception quand il s'agira de juger notre scénario, mais si on ne peut même pas faire nos preuves, peut-on réellement parler d'égalité des chances ? Il faut donner du sens à cette expression et c'est avec des petits gestes plutôt qu'avec des grands mots qu'on pourra la faire vivre. Je vous demande de reconsidérer…

– C'est bon, l'interrompt Mme Vignal, avant d'être aussitôt coupée par Yanis, de plus en plus lyrique.

– Chère madame, l'idéal républicain repose sur la liberté, l'égalité et la fraternité. L'une sans les autres, notre devise est vidée de sa substance, car…

– J'ai dit que c'était bon, jeune homme.

Quand Yanis part en free-style, impossible de l'arrêter. Khadijatou lui prend le téléphone des mains, car elle sent l'exaspération gagner son interlocutrice. Ils auront essayé jusqu'au bout, c'est déjà ça. Mme Vignal peut enfin en placer une :

– Nous vous attendons d'ici 17 h 30 pour déposer votre dossier. Il est déjà 16 h 45, il va falloir vous dépêcher.

– Pardon ? intervient Khadijatou.

– Dites-moi, vous avez changé de voix, jeune homme !

– Je… je suis la coscénariste de Yanis, bafouille-t-elle.

– Eh bien, remerciez-le pour sa force de conviction, mademoiselle. Mais conseillez-lui aussi d'écouter quand on lui parle !

Yanis se sent traversé par une certaine fierté, aussitôt tempérée par le doute. Il reprend le téléphone des mains de Khadijatou pour poser la question qui le taraude :

– Si vous n'étiez pas une ancienne élève de Mme Tayeb, vous nous auriez laissés participer au concours ?

– Bien sûr. Ce sont vos arguments et votre passion qui m'ont convaincue. Vous me prenez pour qui ? Un dernier détail : dépêchez-vous, car vous n'aurez pas droit à un délai supplémentaire. Je répète que je dois impérativement et définitivement enregistrer les candidatures avant 17 h 30, heure de fermeture de nos bureaux.

La conversation se termine avec la sensation pour les scénaristes en herbe d'avoir remporté une victoire en trompe-l'œil. Pendant cette interminable discussion, Aline a pu remplir le dossier d'inscription et repérer le conseil régional, qui se trouve à six kilomètres du collège. Elle a aussi consulté le trafic des bus, plus aucun ne circule à cause de la grève. Il est déjà 16 h 50, comment vont-ils faire ?

– Dis-moi que tu cours vite, Yanis ? le supplie Aline.

– Non.

– Et toi, Khadijatou ?

– Non plus.

– Alors c'est foutu ?

– Je vais quand même essayer, décrète Khadijatou en prenant le dossier d'inscription.

– Attends, il manque le titre du film ! signale Aline.

– Dépêche-toi, c'est pour hier !

Sans réfléchir, Aline reporte dans la case réservée au titre : « C'est pour hier ».

CHAPITRE 16

Qu'est-ce qui lui a pris d'accepter cette mission impossible ? Khadijatou rumine cette question pendant sa course folle vers le siège du conseil régional d'Île-de-France. À peine est-elle sortie du collège qu'elle est déjà essoufflée. Qu'est-ce que ce sera à Saint-Ouen ? Enfin, si jamais elle arrive jusque-là… Elle n'a pas voulu laisser tomber ses camarades. Elle leur a dit qu'elle se chargeait de l'inscription, elle doit montrer l'exemple. Les manuels de management affirment que pour fédérer un groupe, le leader doit s'impliquer personnellement. C'est ce qu'elle fait. Depuis qu'elle a tourné à gauche rue des Cités vers la rue de la Nouvelle-France et qu'Aline et Yanis ne peuvent plus la voir, elle ralentit, à quoi bon s'épuiser pour rien ? Elle prétendra qu'elle est arrivée cinq minutes en retard et on lui pardonnera. C'est rageant, tout de même, ce temps impossible à rattraper. Si elle pouvait revenir en arrière, elle irait directement au foyer au lieu de faire un détour par le Loto. Si seulement sa mère avait accepté de l'accompagner sans rechigner… Mais non, pas de mauvaises excuses, c'est sa faute à elle. Chacun a tenu un rôle pour ce concours : Aline la maniaque a préparé un programme de travail, Yanis le baratineur a réussi à convaincre Mme Vignal. Et elle, la cheffe, qu'est-ce qu'elle a fait dans tout ça ? Rien, à part essayer d'appliquer des conseils de management qui ne servent à rien. Khadijatou tape violemment du pied par terre comme lorsque, petite fille, elle refusait de parler à son déserteur de père. Un frisson de rage parcourt son corps, soulève ses pieds et voilà qu'elle se remet à courir, les yeux rougis de larmes. Elle a besoin d'expulser cette colère dévorante qui décuple son énergie. Elle a l'impression de filer à mille à l'heure jusqu'à ce qu'un joggeur la rattrape sans forcer. C'est Kevin, qui se tourne vers elle, surpris :

– Où est-ce que tu cours comme ça ?

– Laisse tomber, tu peux pas comprendre.

– Tu penses que je suis trop bête…

– Tu vois pas que je suis pressée !

– Attends, mais tu pleures là ! Qui est-ce qui t'a fait ça ? Donne son nom et j'te jure que j'lui casse la bouche.

Khadijatou est intriguée par l'intérêt que Kevin lui porte tout à coup. C'est la première fois qu'il lui adresse la parole seul à seul. Si elle ne connaissait pas sa réputation, elle pourrait croire qu'il est sympa. Ça doit cacher quelque chose de louche. La preuve, son naturel revient au galop : la violence.

– C’est le petit Yanis qui t’a mise dans cet état ? Tu vas voir ce que je vais lui faire…

– N’importe quoi ! Personne m’a rien fait ! C’est juste que je dois arriver avant 17 h 30 au conseil régional.

– C’est où, ça ?

– À Saint-Ouen, d’après le GPS, à 4,5 kilomètres d’ici.

– Oh cool, c’est largement faisable.

– Tu rigoles ! Il me reste à peine vingt-cinq minutes, j’y arriverai jamais, c’est pas possible.

– Alors pourquoi tu continues de courir ?

– Parce que je veux essayer malgré tout.

Kevin considère Khadijatou, tout essoufflée, dont la foulée a déjà beaucoup faibli. Elle a raison, elle n’y arrivera pas. Lui y parviendrait facilement, il s’entraîne régulièrement, mais pourquoi s’en donnerait-il la peine ? Il a remarqué que Khadijatou ne le porte pas dans son cœur, elle a pris parti contre lui face à Yanis. Il n’a rien à gagner dans cette histoire et en plus sa bande de potes l’attend, ils ont un coup en préparation. Tous les éléments qu’il passe en revue devraient le conduire à la laisser se débrouiller. Pourtant, il propose à Khadijatou :

– Donne-moi ton dossier, je vais te le déposer.

– Quoi ?

– File aussi ton téléphone, je gagnerai du temps grâce au GPS, on se retrouve devant le collège dans une heure.

– Tu es sûr que tu y arriveras ?

– J’ai été troisième au cross du collège cette année et j’avais même pas dormi la veille.

– Vraiment ?

Khadijatou n'a pas le temps d'en dire plus que Kevin est déjà loin.

Une heure et demie plus tard, l'adolescente est dégoûtée. Elle s'est fait rouler. Kevin n'est jamais réapparu. Il s'est servi de sa détresse pour la dépouiller de son téléphone. Elle aurait dû s'en douter, il n'aurait jamais proposé ses services gratuitement. Pourquoi l'aurait-il fait ? Par gentillesse ? Par pitié ? Aucun de ces mots n'appartient à son vocabulaire. Elle imagine le dossier d'inscription abandonné dans une poubelle entre Aubervilliers et Saint-Ouen. Ce flash la rend encore plus triste que de savoir qu'elle a perdu son téléphone. Elle ne sait pas comment annoncer à Aline et à Yanis qu'elle a non seulement échoué, mais qu'en plus elle s'est fait lamentablement avoir. Elle est tout près du collège, à l'abri de leurs regards en attendant Kevin qui ne reviendra jamais. Comme elle ne va pas pouvoir rester éternellement à l'écart, elle se décide à les rejoindre. En croisant son reflet dans la vitre d'une voiture, elle constate que le sourire qu'elle essaie de composer ressemble en fait à une grimace. Yanis se tourne le premier vers elle. Il remarque tout de suite sa contrariété mal dissimulée.

– Qu'est-ce qui s'est passé ? lui demande-t-il.

– Je suis arrivée en retard.

– Et où est le dossier ?

– Dans mon sac. Tu mènes une enquête ou quoi ?

– Du calme, on est tous déçus, mais ce n'est pas une raison pour être agressive, ment Yanis, soulagé au fond de ne pas participer au concours.

– C'est la fin de l'aventure, déclare Aline, pragmatique.

Ils se regardent un peu gênés tous les trois. Ils ne savent pas quelle attitude adopter. Ils n'ont plus de projet commun, mais ils ne se décident pas à se séparer. Finalement, c'est Khadijatou qui prend les devants :

– Bon ben, à un de ces quatre alors…

– Oui, c'est ça, répond Aline.

– À bientôt, réplique Yanis.

Encore une fois, aucun des trois ne bouge. Khadijatou esquisse un demi-tour puis se ravise. Qui voit-elle adossé à un arbre à cent mètres de là ? Kevin, en grande discussion avec ses potes ! Quel toupet, il pourrait au moins faire profil bas ! Ni une, ni deux, elle se dirige vers lui d'un pas résolu. Machinalement, Aline et Yanis la suivent.

– Bon, finie la plaisanterie, maintenant tu me rends mon téléphone, Kevin !

Kevin ne proteste pas et il lui tend l'objet. Khadijatou ne s'attendait pas à ce qu'il s'exécute aussi facilement. Sa force de persuasion ne peut pas être la seule raison, se dit-elle, ça cache certainement une de ses magouilles. Il a dû lui rendre un autre téléphone ! Elle vérifie, mais non, c'est bien le sien. Il a effacé ses données alors ? Non plus, tous ses derniers messages sont bien là. Et si… ? Elle n'ose pas croire à la troisième hypothèse. Elle interrompt Kevin, toujours en pleine conversation.

– Tu l'as fait ?

– Hein ? interroge Kevin.

– Tu as déposé le dossier au conseil régional d'Île-de-France ?

Aline et Yanis commencent à comprendre ce qui se trame. Comment Khadijatou a-t-elle pu faire confiance à Kevin Martin, la terreur du collège ? C'est aussi absurde que de donner un chèque en blanc à Kim Kardashian dans un magasin de luxe !

– Ah oui, affirme Kevin, dont le ton détaché laisse penser qu'il se fiche de Khadijatou.

– Sérieusement ?

Les trois camarades ont prononcé le mot en chœur. Ils n'y croiraient toujours pas si Kevin ne leur avait tendu un reçu du conseil régional confirmant leur participation au concours. Leur candidature a bien été enregistrée ! Maintenant, ils n'ont plus d'excuses, ils ont un mois pour se mettre au travail, Aline a vérifié dix fois la date, et on peut lui faire confiance.

CHAPITRE 17

Après les vacances de la Toussaint, il a fallu patienter toute la semaine de la rentrée pour reprendre enfin le ciné-club. Comme c'est devenu son habitude, Yanis est arrivé en avance pour échanger avec Mme Tayeb au sujet des derniers films qu'il a vus.

– C'est dingue, à cause de vous, je regarde plus les films comme avant !

– C'est-à-dire ?

– Avec mon père, j'ai revu *Avengers: Endgame*. Avant la grande bataille finale tous les super-héros arrivent par des portails temporels. Pendant deux bonnes minutes, ils font des pauses alors que Thanos et son armée ne font que les regarder. Je me suis dit : c'est la magie du cinéma !

– Je ne vois pas du tout de quoi tu parles, mais je veux bien te croire !

Yanis rigole. Il est plus détendu parce que la santé de tata Djamila s'est améliorée. Il a pu la voir tous les jours à l'hôpital et ça lui a fait tellement de bien. Khadijatou et Aline arrivent à leur tour, et Mme Tayeb leur parle de deux films qu'elle aimerait leur présenter, *Les Infiltrés* en version japonaise et son remake américain. Son but est de leur montrer comment on peut réaliser des œuvres différentes à partir d'une même histoire. Mais Khadijatou et Yanis protestent : ils veulent directement passer à l'écriture du dossier pour le concours ! Aline suit mollement le mouvement et Mme Tayeb finit par céder à la volonté générale. Elle consacre la première heure de la séance au concours de scénarios. Elle leur explique qu'une note d'intention sert à détailler pourquoi les auteurs veulent réaliser le film, comment leur est venue l'idée, les thèmes qu'ils souhaitent aborder, leurs partis pris visuels… Bref, cela permet de décrire un univers cinématographique très précis et doit aussi donner envie de voir le résultat final.

– C'est exactement ce que j'allais dire, affirme Khadijatou.

Elle a cherché tout ce qu'elle a pu trouver sur le cinéma à la bibliothèque municipale. Quand elle a une idée en tête, elle ne pense plus qu'à ça. Mais elle n'a pas abandonné pour autant sa formule de probabilités et elle continue de participer à tous les tirages du Loto. Elle partage désormais son temps entre ses deux passions. Ou plutôt trois, car elle se documente aussi sur la communication et le management, elle est une leader consciencieuse. Mme Tayeb reprend :

– J’ai parlé à Mme Vignal du conseil régional d’Île-de-France, vous saviez qu’elle était une de…

– … vos anciennes élèves, oui, elle nous l’a dit, finit Yanis.

– Le principe du concours est l’autogestion. Je vous aide si vous avez des questions techniques, par exemple sur le vocabulaire, que Khadijatou maîtrise si bien. Mais en aucun cas je ne dois vous suggérer des idées et encore moins vous diriger. Mme Vignal a ajouté que ce serait mieux si vous étiez seuls pendant les premières séances de travail. Vous vous en sentez capables ?

– Oui, bien sûr, répond immédiatement Khadijatou.

Agacé par les attitudes de petite cheffe de Khadijatou, Yanis hoche la tête sans enthousiasme, imité par Aline. Mme Tayeb indique que la prochaine séance du ciné-club sera consacrée à un film, car il ne faut surtout pas perdre la bonne habitude de s’ouvrir à d’autres univers. Elle orientera sa programmation en fonction du sujet choisi par le groupe pour le concours. Cela pourra les inspirer… Mais attention, s’inspirer d’un film, lui rendre hommage, ce n’est pas le copier ! Toutes ces précisions énoncées, Mme Tayeb accompagne le groupe jusqu’au foyer où ils vont pouvoir travailler. Elle hésite un instant à les laisser seuls, mais elle s’est promis de s’en tenir à la consigne et lance en les quittant : « Je vous fais confiance. »

Aline sort un ordinateur portable, un classeur, sa trousse, des Post-it. Yanis a les mains dans les poches. Khadijatou tapote sur son téléphone avant de sortir des feuilles volantes toutes griffonnées de son sac.

– Bon, vous avez eu des idées pendant les vacances ? demande-t-elle.

– Moi, aucune, répond immédiatement Aline. Je vous avais prévenus, je n'ai aucune imagination, je ne vais vous servir à rien…

– Mais non, ne dis pas ça, reste positive, la rassure Khadijatou. Et toi, Yanis, quelque chose ?

– Je croyais qu'on s'était donné rendez-vous pour trouver des idées ensemble, plaide-t-il.

– C'est pas grave. Moi, j'ai gribouillé plein de pistes, leur annonce Khadijatou, ravie d'être une leader créative. La première, c'est l'histoire d'une ado qui vit à Saint-Denis. Elle joue au Loto tous les jours et lors d'une super-cagnotte, elle gagne…

– Cette fille, par hasard, elle s'appellerait pas Khadijatou ? ironise Yanis.

– Attends, j'ai pas fini. Avec l'argent qu'elle gagne…

– Non, mais franchement, ça t'intéresse vraiment de raconter ça ? insiste-t-il, de plus en plus bougon.

Yanis prend Aline à partie, qui ne sait pas où se mettre. Il est vrai que le début de l'histoire n'a pas l'air passionnant, mais elle trouve que Yanis n'est pas très sympa de couper Khadijatou d'un ton aussi cassant. Comme elle ne veut pas froisser sa camarade tout en ménageant le jeune homme qui lui plaît tant, elle cherche une formule mi-chèvre mi-chou pour exprimer ses doutes sur cette histoire de Loto. Ses yeux doivent trahir ses intentions diplomatiques, car Khadijatou la libère de son dilemme.

– OK, j'ai compris, je passe à autre chose. C'est une adolescente…

– Encore ! la coupe Yanis, maintenant excédé.

– Oh, ça va, laisse-moi aligner deux mots. Tu n'as même pas une seule idée, toi ! Donc c'est une fille qui invente une équation magique. Si elle la résout, elle peut découvrir le secret de la vie éternelle. Mais d'autres personnes souhaitent l'obtenir aussi. Elles projettent de l'enlever après sa découverte, c'est pourquoi elles la surveillent…

– Excuse-moi, Khadijatou, tu peux répéter ? Je me suis endormi à « équation », dit Yanis, provocateur, en simulant un bâillement.

Khadijatou cherche un soutien dans les yeux d'Aline, toujours aussi fuyante. Elle doit prendre sur elle pour se lancer dans sa troisième idée.

– Alors voilà, c'est une fille… Ne lève pas les yeux au ciel, Yanis ! Donc c'est une fille qui va à la fête foraine avec son père. Celui-ci lui demande de tourner la roue de la loterie et ils gagnent…

– Ça doit toujours tourner autour des jeux, tes histoires ? interroge Yanis, cette fois totalement exaspéré.

– Attends, laisse-moi une chance de te convaincre…

– Je préfère éviter la chance, justement, insiste Yanis.

– C'est facile de critiquer, mais rappelle-moi ce que tu as fait pendant les vacances ? Rien, c'est bien ça ?

– Je préfère avoir rien fait que d'avoir tes idées moisies.

– D'accord, super l'esprit d'équipe. Et toi, Aline, tu dis rien ?

– Euh… bafouille Aline.

– Tu manques d'imagination ou tu veux pas critiquer Yanis, ton petit chouchou ?

Aline pique un fard. Elle se sent horriblement gênée par l'allusion de sa camarade. Heureusement, une intrusion soudaine vient la sortir de l'embarras.

– Je vois qu'il y a de l'animation ici.

C'est Kevin qui s'approche, le sourire en coin. C'est bien le seul à arborer une mine réjouie. Yanis, lui, redouble de fureur.

– Qu'est-ce qu'il fout ici, lui ?

– C'est moi qui lui ai proposé de venir, réplique Khadijatou.

– Sans nous demander notre avis ? C'est pas toi qui vantais l'esprit d'équipe il y a pas une minute ? s'indigne Yanis.

– Ah ouais ? Tu oses en parler, toi qui ne fais que me critiquer depuis tout à l'heure alors que t'as rien foutu !

– Tu me parles pas comme ça !

– Sinon tu vas me casser la gueule comme tu l'as fait avec Joachim en maternelle ? se moque Khadijatou.

– Bon, vu comment ça tourne, je préfère m'en aller. J'ai mieux à faire, déclare Aline, dépitée.

– Oui, c'est ça, va te plaindre, c'est ce que tu sais faire de mieux…

– Tu n'es pas juste ! proteste Aline.

– Tu as raison, si je ne me retenais pas, je dirais bien pire ! insiste Khadijatou.

– T'es obligée de lui parler mal ? intervient Yanis, d'un ton protecteur.

– Ouais, et toi, tu tires une gueule pas possible à chacune de mes propositions et te voilà transformé en parfait chevalier servant quand il s'agit d'Aline, relève Khadijatou.

– Tu vois pas qu'Aline est blessée ?

Tout à sa fureur, Khadijatou ne l'avait même pas remarqué. Elle est consciente d'avoir détourné sa colère contre Yanis sur Aline. Celle-ci est comme médusée et Yanis la prend par l'épaule pour l'entraîner dans le couloir. Mais dès qu'ils sortent de la salle, il s'écarte d'elle, ce qui laisse penser à Aline qu'il a honte d'être vu avec elle. Comme à chaque fois qu'on la renvoie à sa solitude, elle fond en larmes. Yanis, gêné, lui tend un paquet de mouchoirs au lieu de lui tendre les bras. Les manuels de management conseilleraient à Khadijatou de les rejoindre et de présenter ses excuses à l'offensée. Fière, elle ne bouge pas.

Kevin ne sait pas quoi faire. Il est planté devant Khadijatou, elle-même perdue dans ses pensées. Il s'en veut un peu, son arrivée a amplifié à la dispute.

– Tu sais, t'y es pour rien, murmure finalement Khadijatou comme si elle lisait dans ses pensées.

– Qu'est-ce qui s'est passé au juste ?

– C'est Yanis, il voulait pas m'écouter, il trouvait toujours quelque chose à redire à mes idées de scénarios.

– La critique fait partie du travail d'équipe, non ?

– Toi aussi, t'es avec lui maintenant ?

– Non, bien sûr que non. Je peux même l'éclater, voyez-vous !

– T'as vraiment que ça en tête, ma parole !

– Ça va, t'énerve pas, je te laisse toute seule, si tu préfères.

– Non, reste, s'il te plaît.

Un long silence s'installe. Les deux jeunes gens quittent à leur tour le foyer, puis le collège, sans but précis. Les feuilles d'automne craquent sous leurs pas. Ils déambulent pendant une demi-heure sans échanger la moindre parole puis ils croisent Moussa, un ami de Kevin, qui l'informe que le reste de la bande l'attend. Kevin lui répond qu'il les rejoindra plus tard. Alors Moussa se moque de son « collègue », comme il appelle Kevin.

– Tu viendras nous voir après l'avoir pécho, lui lance-t-il en se marrant.

La terreur du collège devient tout rouge, ça ne lui ressemble pas. Khadijatou fait celle qui n'a rien remarqué, et pour empêcher la gêne de s'installer entre eux, elle change de sujet.

– Tu veux que je te raconte le problème avec Yanis ?

– Vas-y, balance.

– Je parlais de mon idée de scénario. Une fille qui va à la fête foraine avec son père. Ils jouent à la roue de la fortune. Le père lui demande de la faire tourner et elle s'arrête sur un énorme ours en peluche, un super-doudou. Le père la prend dans ses bras et lui promet qu'elle aura toujours de la chance. Tu parles, le lendemain, il disparaît et elle ne le reverra plus jamais. Elle demande à sa mère où il est parti, elle répond qu'il reviendra bientôt. Les mois passent et « bientôt » est sans cesse repoussé, jusqu'à ce qu'elle réalise qu'il ne reviendra pas, que toute cette histoire est un mensonge qui cache un secret : son père est reparti dans son pays natal. Cette journée à la fête foraine, c'était en quelque sorte sa tournée d'adieu. À chaque fois que la fille voit son doudou, elle hésite entre le serrer dans ses bras pour l'enlacer ou pour l'étrangler. En grandissant, elle veut malgré tout croire en sa chance et elle se met à jouer…

– … au Loto.

– Comment tu sais ?

– C'est ton histoire, c'est ça ?

– Oui.

La réponse de Khadijatou s'est étouffée dans un sanglot. Kevin est la première personne à qui elle se confie. Qui aurait cru que la jeune solitaire révélerait un jour son secret le plus intime à la terreur du collège Henri-Wallon ? Elle paraît sûre d'elle, mais elle n'a jamais eu de véritable ami. Elle a peur d'accorder sa confiance à quelqu'un qui un jour, c'est sûr, l'abandonnera ou la trahira, comme l'a fait son père. Pour une fois qu'elle était prête à évoquer son histoire, elle s'est retrouvée face à un Yanis furieux qui a refusé de l'écouter. Quant à Aline, qui sait à quoi elle pensait pendant ce temps-là…

– Je défends pas ce bouffon de Yanis, mais avoue qu'il pouvait pas savoir… avance Kevin, les yeux dans le vague.

Il aimerait poursuivre que, s'il la comprend, c'est parce qu'il s'est reconnu dans le ton nostalgique de son récit.

Lui aussi se revoit avec son père. Tous les dimanches, il l'accompagnait au marché. C'était l'époque où il pensait que rien ne pourrait les séparer, « voyez-vous ». Malgré ses manières brusques, M. Martin était un roc sur lequel il pourrait s'appuyer toute sa vie… Plutôt que de se livrer, il encourage Khadijatou :

– En tout cas, moi je l'aime bien, ton histoire. Tu veux que je te montre quelque chose ?

Sans attendre sa réponse, Kevin se lance dans un jeu de mime. Khadijatou met à peine quelques secondes pour comprendre qu'il reproduit la scène de la fête foraine. Le père, le torse bombé, marche d'un pas sûr, la fillette, pleine d'admiration, le regarde par en dessous, comme si c'était un géant. Kevin est incroyablement doué pour faire vivre les différentes expressions sur son visage : ce n'est pas de l'imitation, c'est une véritable interprétation.

– T'es super fort ! Où t'as appris à faire ça ? s'enthousiasme Khadijatou.

– Quoi, ces conneries ?

– Non, ce jeu d'acteur, insiste-t-elle.

– Exagère pas, c'est juste pour t'amuser un peu.

– Ça marche, merci. Mais en vérité, c'est encore mieux que ça.

– Je suis sûr que tu dis ça pour me faire plaisir. Te sens pas obligée surtout, Khadijatou.

– En fait, tu joues au gros dur, mais la vérité c'est que tu manques totalement de confiance en toi.

– N'importe quoi, qu'est-ce que tu racontes !

– Tu vois, t'es sur la défensive, là. T'as jamais pris de cours de comédie, Kevin ?

Kevin sourit en se remémorant les sketchs qu'il jouait avec son père sur les marchés. Est-ce que c'est de là qu'il tient ce que Khadijatou appelle « son talent » ? D'un revers de la main, il balaie l'idée :

– Nan, c'est pas pour moi, ces trucs…

– Pourquoi pas ? T'aimes jouer, non ?

– Ouais, mais c'est pas sérieux.

– Qu'est-ce qui t'empêche de le faire sérieusement ?

– Arrête, je vais finir par te croire.

– Tu devrais.

– Bon, je dois y aller, écourte Kevin.

– Tu fuis. Tu as tant de mal que ça avec les compliments ?

– J'ai pas vraiment l'habitude…

– Et tes parents ?

– Allez, je dois rejoindre les collègues, je file maintenant. Bye, Khadijatou.

Kevin accélère d'un coup comme il l'avait fait pour aller déposer le dossier de candidature au conseil régional. Khadijatou le regarde s'éloigner, songeuse. Elle comprend maintenant pourquoi il court aussi vite : il fuit quelque chose, c'est sûr, mais quoi ?

CHAPITRE 18

Aline sèche ses larmes. Yanis est près d'elle, mais il ne la tient plus par l'épaule comme tout à l'heure. Les gestes d'affection sont mal vus par ici, si on les voyait ensemble, on les charrierait. Pendant qu'ils marchaient côte à côte, elle a senti plusieurs fois le sac de Yanis l'effleurer. À l'intérieur, un objet plutôt volumineux lui donnait un mouvement de balancier chaotique. Elle n'a pas osé demander à son camarade ce que c'était. La magie de l'instant commandait le silence. Alors qu'ils sont sur le point de se séparer, elle assouvit sa curiosité pour prolonger le plaisir d'être avec lui.

– Qu'est-ce que tu as dans ton sac, Yanis ?

– Oh rien, juste un petit truc.

– Pas si petit que ça, je me suis cognée dessus plusieurs fois !

– Ça t'a fait mal ? T'aurais dû me le dire…

– Ce n'est pas grave, je plaisante.

Aline ne sait pas mener une conversation. Ce qui semble naturel pour n'importe qui lui demande un effort considérable. À force d'écrire des lettres de réclamation avec son père, elle s'est enfermée dans une bulle. Ses contacts avec les autres, ce sont les caissiers, les agents d'accueil, tous ces gens auprès desquels elle multiplie les reproches. C'est devenu son seul mode de communication. La façon dont elle énonce une situation banale est tout sauf spontanée. Être incomprise la rend triste. Elle aimerait être plus ouverte, sauf qu'elle ne sait ni quoi dire, ni comment faire. Khadijatou a raison, personne ne s'intéresse à elle, au collège où elle est vue comme une marginale.

– Tu me trouves chelou ? ose-t-elle demander à Yanis.

– Pas spécialement.

– Tu n'as pas répondu non.

– Tu as vu ce tableau Excel de dingue que tu as préparé avec toutes ces couleurs ? Il faut être un peu originale pour faire ça, non ?

– C'est pas faux.

Les deux camarades éclatent de rire. La réponse de Yanis soulage Aline. Il ne lui a pas menti. Originale, l'adjectif lui va bien.

– Tu veux que je te montre un truc vraiment chelou ? enchaîne Yanis.

– Je t'en prie.

Yanis extrait son appareil photo de son sac. Il le manipule avec autant de soin que s'il portait un bébé. C'est l'objet le plus précieux qu'il possède, son troisième œil, celui grâce auquel il voit le monde autrement. Même quand Aline s'en saisit, il ne le lâche pas. Elle est la première personne à le toucher à part lui. Mais sa confiance ne va pas jusqu'à la laisser le tenir seule.

– C'est ça, ton truc chelou ? s'étonne Aline.

– Avoue que tu me voyais pas avec un appareil photo, si ?

– Pourquoi pas ? On se connaît à peine.

– Mais tu trouves pas ça bizarre ?

– Non. Mais pour moi, rien ne l'est de toute façon !

Enhardi par la réaction d'Aline, Yanis fait défiler quelques photos qu'il a prises à la Villette, à une poignée de kilomètres d'Aubervilliers. À Paris, personne ne le connaît et ce grand parc est le lieu idéal pour illustrer son thème favori : les contrastes. Dans le parc se croisent des gens de différentes classes sociales. Riches et pauvres peuvent y être réunis alors qu'ils ne se rencontrent jamais vraiment. Yanis aime particulièrement une photo qu'il a prise devant la Philharmonie, une prestigieuse salle de concert de musique classique. On y voit des spectateurs plutôt bourgeois et âgés qui font la queue, un skater sur le parvis, un sans-abri devant un restaurant et un adolescent sur une trottinette électrique. Ils partagent le même espace sans se voir. Il aime aussi photographier la vie aux abords des cafés. À l'intérieur, il y a ceux qui peuvent consommer, à l'extérieur, il y a le reste de la population. Entre les deux, seulement quelques mètres, mais une vitre ou une terrasse les sépare. Pendant son explication, le jeune homme lance des regards en coin à sa camarade. Il a l'impression de se dévoiler comme jamais. Plus il parle, plus il comprend son propre travail. Il réalise qu'il est en train d'écrire une note d'intention, à l'oral ! Après dix minutes de ce monologue passionné, il s'interrompt, inquiet :

– Excuse-moi, Aline, je te saoule avec mon délire.

– Pas du tout, c'est très beau. Les contrastes de lumière, qui renvoient aux disparités sociales, donnent d'autant plus de relief au dispositif, résume-t-elle.

– Tu sais ce que j'aime bien chez toi ?

– Quoi ?

– Tu emploies toujours des mots compliqués, mais quand tu les dis, ils semblent simples.

– C'est un compliment ?

– Oui, puisque ça veut dire, en fait, que t'es chelou, s'amuse Yanis.

Ce terme, qui pouvait la faire pleurer, la fait maintenant rire. Quand c'est Yanis qui le dit, avec ce ton plein de bienveillance, ça devient l'expression la plus douce. Elle est fière d'être chelou, c'est bien mieux de voir le monde avec des lumières, des contrastes, des formes et plein de mots pour les raconter.

CHAPITRE 19

Samba adore jouer avec le doudou de Khadijatou, le petit garçon de deux ans ne comprend pas pourquoi sa sœur ne le lui laisse pas. Pour lui, c'est un simple ours en peluche, il est trop petit pour comprendre le lien qu'il représente avec son père. Il l'a à peine connu et n'en garde aucun souvenir. Tant mieux ou tant pis ? Parfois Khadijatou observe son petit frère pour chercher une ressemblance avec le grand absent de sa vie. Elle s'est aperçue qu'elle oublie peu à peu le visage de son père, seules les photos lui rappellent combien il était beau. Une partie d'elle voudrait que Samba le devienne tout autant, une autre souhaite que le bambin n'ait rien en commun avec ce lâche qui les a abandonnés. Au départ, elle pleurait toutes les larmes de son corps dans l'espoir de lui reparler un jour, mais il était parti sans laisser d'adresse. Quand il avait repris contact il y a six mois, il s'était installé au

Sénégal où il avait refait sa vie, selon l'expression de sa mère. Ça voulait dire qu'il avait effacé toute sa famille ? Khadijatou s'était sentie trahie et avait refusé de lui parler. Son père avait laissé son numéro de téléphone, son adresse e-mail et même un compte Snapchat qu'il avait créé juste pour elle.

Il aura fallu cette embrouille avec Yanis pour qu'elle ressente à nouveau le besoin de regarder l'album photos de sa famille. Khadijatou n'a jamais eu l'occasion de dire à son père ce qu'elle avait sur le cœur. Il est parti du jour au lendemain. Maintenant, dégoûtée, elle ne veut plus avoir affaire à lui. Elle entendait, de plus en plus fréquentes, les disputes opposant ses parents. Son père criait qu'il ne se sentait pas chez lui en France, qu'il était sûr qu'en « rentrant au pays », tout irait mieux. Oui, mais le pays de sa femme, c'est la France, où elle est née, et elle n'a jamais cru que le changement de paysage résoudrait tous leurs problèmes. Khadijatou aurait aimé avoir les mots pour leur conseiller de lire un manuel de gestion des conflits. Est-ce qu'elle tiendrait de son père, elle qui s'est emportée contre Aline avec des propos volontairement durs ? Samba la déconcentre en tirant un peu plus fort sur le doudou. Elle lâche prise. S'il le veut, elle le lui cède et, bien sûr, c'est quand elle lui donne qu'il s'en désintéresse. Elle s'amuse de son esprit taquin et il lui renvoie le plus beau sourire du monde. Soudain, elle se rend compte qu'elle a oublié de jouer au Loto et qu'elle s'en fiche.

***

Yanis n'est pas fier de s'être aussi facilement emporté contre Khadijatou tout à l'heure. Il en parle à tata Djamila, souriante dans son lit d'hôpital. Lors de ces conversations quotidiennes, la seule chose qu'il lui cache, c'est sa passion pour la photo, ce qu'il possède de plus intime. Quand sa mère lui avait offert son appareil, il avait pris un maximum de photos d'elle. Le jour où elle est morte, le monde s'est écroulé pour la famille Meniri. Sarah n'avait que trente-six ans. Et Yanis avait neuf ans. On ne sait jamais combien de temps il nous reste, c'est pourquoi Yanis rend visite à sa tante dès qu'il peut. On le surnomme son troisième enfant, même son fils et sa fille ne se rendent pas aussi souvent à son chevet. Comme d'habitude, Djamila l'interroge sur le collège. Il ne lui parle pas de maths, de français ou d'histoire mais d'un concours de scénarios auquel il participe avec des amis. C'est la première fois qu'il emploie ce terme, d'habitude il parle de ses *potes*. Il précise qu'il y a eu une embrouille entre eux dès le début et que c'est le signe que c'est voué à l'échec. Il ne comprend pas pourquoi Khadijatou a pris la mouche quand il a critiqué ses idées. Ça fait deux heures qu'il lui décrit tous les détails, et tata Djamila est fière de le voir si impliqué dans ce projet et lui demande ce qu'il pourrait faire pour recoller les morceaux. Il répond que c'est terminé pour lui. Alors, pourquoi en parle-t-il autant ? insiste sa tante. À court de répartie, Yanis regarde l'heure, il a encore plein de choses à raconter à sa mère, il doit filer avant que le cimetière ne ferme.

***

M. Mercadier aime entendre le cling de la machine à écrire d'Aline. Ça fait plusieurs jours qu'il n'a pas résonné dans le salon, où ils écrivent d'habitude les lettres ensemble. À la place, elle a sorti un ordinateur portable qu'elle a réussi à obtenir après une négociation férocement menée. Elle s'en sert pour un projet dont elle refuse de parler. M. Mercadier essaie de se rassurer, il se persuade qu'elle lui réserve une belle surprise, peut-être son chef-d'œuvre épistolaire. Il lui demande si elle se sent bien. Aline répond oui, de façon évasive. Pourtant elle ne tapote pas sur son clavier, elle se contente de regarder son écran. Le doute la rattrape. Pourquoi manque-t-elle si cruellement d'imagination pour inventer une histoire alors qu'elle en a tellement quand il s'agit de se plaindre ? Est-ce qu'elle ne serait bonne qu'à ça ? Elle envie Yanis qui, lui, a une vraie passion.

Mme Mercadier est très loin de l'univers des lettres de réclamation que père et fille ont partagé exclusivement jusqu'ici. Ce soir, elle sort au cinéma et contre toute attente, Aline propose de l'accompagner. Son père s'inquiète : sa fille l'abandonne ? Pour le rassurer, Aline lui affirme qu'ils passeront du temps ensemble hier. Puis elle se corrige : demain, elle voulait dire demain.

***

La discussion animée n'est qu'un bourdonnement en fond sonore pour l'oreille distraite de Kevin. Moussa, Halim et Ethan essaient plusieurs fois d'impliquer leur collègue dans la conversation. L'esprit ailleurs, il répond par des grognements. Il n'entend que l'expression « gros coup » répétée plusieurs fois et il s'imagine en héros d'une série comme *Narcos*. Il admire les personnages qui ont pris leur destin en main, même pour le pire. Ses parents, eux, font tout le contraire. Ce que lui a raconté Khadijatou sur les disputes de son père et de sa mère avant leur séparation, c'est ce qu'il vit quotidiennement. Il reste dehors le plus longtemps possible pour échapper à leurs cris, et même loin d'eux il lui arrive de les entendre. Pour échapper à ces voix dans sa tête, il lui faut de l'action. Courir ou faire des conneries avec Moussa, Halim et Ethan, ses trois gars sûrs, ses *collègues* comme ils aiment s'appeler, sa famille de cœur. Ses parents lui reprochent de se laisser entraîner. Oui, il se laisse porter par des courants qui le mènent loin de leurs hurlements.

Avec Khadijatou, il s'est senti bien, tout simplement. Était-elle sérieuse quand elle lui a parlé de son talent d'acteur ou se pensait-elle redevable ? Il a aimé jouer des scènes face à elle, il a même aimé leur silence partagé. Enfin un moment sans bruit, ni autour de lui ni en lui. Moussa le sort de sa rêverie :

– Oh, le *lover*, t'es avec nous ou bien ?

Kevin veut rester évasif, mais Ethan prend le relais.

– Gros, jusque-là, t'as jamais participé à notre business, mais c'est maintenant que tu dois prouver que tu fais partie de la bande. C'est un test. Alors, qu'est-ce que tu décides ?

Le cœur du jeune homme balance : oui, il veut fuir sa famille, mais ne serait-il pas mieux avec sa bande d'artistes ?

CHAPITRE 20

Toute la semaine suivante, Khadijatou a évité Aline et Yanis. Témoin de cet éloignement, Mme Tayeb a régulièrement demandé au groupe si tout se passait bien. Ses élèves se contentaient de répondre par des grognements qui ne présageaient rien de bon. Elle a voulu convoquer une petite réunion en dehors des cours, mais ils avaient toujours une bonne raison pour l'esquiver.

La professeure principale craint le pire pour le ciné-club et, en effet, seule Khadijatou la retrouve dans la salle le vendredi suivant.

– Que se passe-t-il, Khadijatou ? lui demande Mme Tayeb.

– Rien, je crois qu'Aline et Yanis sont malades, répond-t-elle, évasive.

– Je les ai vus dans le couloir tout à l'heure.

Khadijatou hausse les épaules. Elle était prête à reprendre le projet, mais il est condamné. La porte s'ouvre, l'espoir renaît. Et retombe aussitôt, il s'agit d'une femme de ménage venue vider les poubelles. Mme Tayeb propose malgré tout de projeter un film, puisqu'une personne est présente. Elle en avait apporté plusieurs en fonction des envies des élèves, elle choisit *Le Grand Bain*, l'histoire d'une équipe masculine de natation synchronisée qui souhaite participer au championnat du monde. Tout d'abord, ils usent leur énergie à se bagarrer entre eux avant de réaliser qu'ils doivent former une équipe. Khadijatou se passionne pour l'intrigue et elle comprend le message de Mme Tayeb : ces personnages, ce sont Yanis, Aline et elle. Elle sent à nouveau monter en elle la révolte qui l'avait piquée quand sa professeure de français lui avait raconté sa déception d'avoir été injustement éliminée de son concours. Ils partent de loin, et alors ? Elle va se battre pour qu'ils deviennent, à leur manière, les champions du monde.

★★★

Tout le week-end, Khadijatou a préparé son plan de bataille : excuses, arguments, promesses… Elle a dévoré des manuels et des vidéos pour apprendre à « convaincre ses interlocuteurs en dix leçons ». Chaque fois qu'elle a douté de la finalité de ses efforts, elle a repensé au *Grand Bain*. C'est aussi ça, la magie du cinéma.

Le lundi, elle se plante d'emblée devant Aline et Yanis, devenus inséparables. Yanis a même parlé de sa camarade à tata Djamila, qui lui a demandé s'il ne serait pas un peu amoureux des fois. Sa bouche a répondu non, ses gestes ont dit oui. Sa tante n'a pas insisté, elle est heureuse que son neveu aille bien. Elle se sent mieux, elle va peut-être pouvoir rentrer chez elle en fin de semaine. Donc Yanis va mieux lui aussi, forcément.

– Aline, Yanis, je vous dois des excuses, attaque Khadijatou, directe.

Elle s'apprête à poursuivre, mais Yanis la coupe immédiatement, d'un air sévère.

– Tu nous dois plus que des excuses, ton attitude a été lamentable et je ne te pardonnerai jamais.

Khadijatou est bouche bée. Son orgueil la titille de l'intérieur, elle doit prendre sur elle pour ne pas tourner les talons. Cette fois, elle va suivre à la lettre les enseignements des manuels : « ne prenez pas les choses personnellement » est l'un des principes qu'elle a découverts en lisant *Les Quatre Accords toltèques*. Elle prend une grande inspiration, mais Aline l'empêche de continuer :

– C'est une blague, Khadijatou ! Tu n'as aucune excuse à nous présenter et nous sommes d'accord pour reprendre le projet.

– Vraiment ? demande Khadijatou, incrédule, en regardant en direction de Yanis.

– Vraiment, confirme le jeune homme. Je n'aurais pas dû être si dur avec toi, j'ai eu des soucis persos, mais ça va mieux maintenant.

– Vous êtes d'accord pour repartir sur mes idées de court-métrage alors ? s'emballe Khadijatou.

– Non ! répondent en chœur Aline et Yanis.

Les trois partent dans un grand rire et prévoient de se retrouver le lendemain à la médiathèque. Khadijatou n'ose pas demander si Kevin peut les rejoindre et elle est soulagée quand Yanis lui dit que son « mec » peut participer lui aussi.

CHAPITRE 21

La médiathèque Saint-John-Perse est l'une des quatre d'Aubervilliers avec Paul-Éluard, André-Breton et Henri-Michaux. Elle a été rénovée après quinze mois de travaux en 2017 et, aujourd'hui encore, elle sent le neuf. Khadijatou était présente à la réouverture. Chaque fois qu'elle y entre, il lui semble entendre la fanfare joyeuse qui avait joué à l'époque. Aline, Yanis et même Kevin sont déjà installés dans l'espace numérique, leur lieu de rendez-vous, et pourtant aujourd'hui elle est en avance. Khadijatou ouvre la séance :

– J'ai réfléchi. Faudrait un sujet qui nous concerne tous. J'ai pensé à des thèmes : le racisme, la violence entre les jeunes et la police en banlieue…

– Quel rapport avec le titre ? demande Yanis.

– On pourrait dire que *C'est pour hier* symbolise les promesses politiques jamais tenues, les déceptions accumulées, les attentes jamais satisfaites, les jeunes générations sacrifiées, développe Khadijatou.

– C'est cool. On pourrait parler d'un contrôle de police qui tourne mal… acquiesce Yanis.

Kevin se ronge les ongles. Il se sent illégitime à intervenir, il n'est même pas officiellement inscrit comme scénariste. Les trois autres ont décidé que même si son nom n'apparaît pas dans le dossier, il partagera officieusement les honneurs si leur projet l'emporte. Yanis et Kevin se sont tapés dans la main pour la première fois pour valider cet accord. La terreur du collège peut mettre le boxon devant toute une classe, mais en petit comité, hors de sa bande, il n'est pas si sûr de lui. Khadijatou découvre jour après jour l'être sensible sous le vernis du petit dur. Il surmonte ses réticences pour donner son avis :

– Je peux dire quelque chose ? demande-t-il timidement.

– Bien sûr, tu es là pour ça, l'encourage Khadijatou.

– Je veux offenser personne, voyez-vous, mais vous trouvez pas que ça fait un peu cliché, cette histoire de contrôle de police ? poursuit Kevin.

– C'est une question ou une affirmation ? répond Khadijatou, un peu vexée.

– On est le seul établissement de banlieue à participer à ce concours et on va représenter nos quartiers comme on les montre déjà à la télé. Est-ce qu'on pourrait pas être là où on nous attend pas ? Peut-être que je dis une connerie, c'est que mon avis.

– Je le trouve intéressant, appuie Aline.

– Je n'avais pas vu les choses comme ça, mais ça se tient, confirme Khadijatou.

– Disons qu'on repart de zéro et que pour savoir où on veut aller, il faudrait déjà parler du genre de films qu'on aime, suggère Yanis. Moi c'est les comédies populaires, les films d'action et les Marvel, j'ai adoré *Intouchables*, *AKA*, *Avengers* et par-dessus tout, les deux *Black Panther*.

– Moi, c'est les films à suspense et d'espionnage, quand une personne peut faire basculer tout un système, poursuit Aline.

– Je kiffe trop les séries sur des braquages, genre *La casa de papel* ou *Lupin* ! s'enthousiasme Kevin.

– Bravo pour les clichés, le taquine Khadijatou. Moi, j'aime les comédies romantiques.

– Bon, on n'a rien en commun, on devrait peut-être partir du titre, suggère Yanis. *C'est pour hier*, ça vous évoque quoi ?

– Le temps, murmure Aline.

– Quel génie ! se moque Kevin.

– Désolée, c'est vrai que ce n'est pas très brillant, s'excuse Aline.

– Non, pas du tout, ça me donne une idée ! réagit Khadijatou.

Khadijatou gribouille une flèche sur sa feuille de papier. Est-elle repartie dans son délire de probabilités ? C'est ce que craignent ses camarades, jusqu'à ce qu'elle ouvre enfin la bouche :

– Prenons le titre au sens littéral. Imaginons que l'on puisse revenir vingt-quatre heures en arrière, qu'est-ce que vous feriez ? Moi, je noterais les numéros gagnants du Loto et je les jouerais !

– Moi, je repérerais les plans de la sécurité d'une banque et je la braquerais, enchaîne Kevin.

– C'est une idée fixe, ma parole ! grince Khadijatou. Si notre personnage pouvait revenir vingt-quatre heures en arrière, il pourrait corriger ses erreurs, par exemple il pourrait…

Khadijatou n'a pas le temps de terminer sa phrase que la bibliothécaire leur annonce que les locaux vont fermer. L'adolescente se plaint que cette information leur soit donnée à la dernière minute, mais Aline n'aura pas besoin d'écrire de lettre de réclamation : la dame lui répond que c'est la cinquième fois qu'elle le dit et qu'elle leur a laissé du temps en rab tellement ils étaient concentrés. « Nous sommes enfin une vraie équipe », se réjouit intérieurement Khadijatou.

CHAPITRE 22

Je remercie ma mère sans qui rien de tout ça n'aurait été possible. Grâce à son dévouement, je suis devenue la scénariste que vous récompensez aujourd'hui. Maman, tu m'as toujours encouragée, même quand je ne le méritais pas. (Plan sur la mère en larmes avec Samba sur ses genoux qui sourit.)

Évidemment, je remercie aussi mes coscénaristes, Aline, Yanis et Kevin, pour leur formidable collaboration. Ça n'a pas été facile tous les jours. Franchement, on a commencé sans trop de conviction puis la passion de l'écriture nous est venue. (Les trois autres coscénaristes se tapent dans la main.)

Nous avons été absorbés par le sujet. Le temps, c'est fascinant, quand on y pense. Pourquoi s'écoule-t-il de façon chronologique alors qu'il pourrait tout aussi bien se dérouler en sens inverse ? Nous avons appris que le temps était relatif. D'ailleurs, quand on parle avec Yanis, on a l'impression que le temps passe deux fois moins vite tellement il est relou. (Rires du public.)

Mais ce n'est pas du temps en tant que perception dont il s'agit ici. Il est relatif en lui-même et on peut mesurer qu'il passe plus ou moins vite en certains points de l'univers ou selon qu'on est en mouvement ou non. C'est dingue, non ? (Bâillements dans la salle.)

Je sens que je suis en train de vous perdre, alors restons terre à terre. (Ouf de soulagement général.)

Comment nous est venue l'idée de ce chef-d'œuvre ? Sans être prétentieuse, elle vient de moi. J'y ai cru avant tout le monde et j'ai dû employer toute mon énergie pour que nos individualités deviennent un groupe. Notre histoire, c'est celle des Avengers *et je suis un peu Captain Marvel, celle qui remet les choses en ordre. (Plan sur les trois autres qui acquiescent.)*

Je souhaite en particulier remercier notre producteur, sans qui cette aventure n'aurait pas existé. C'est un homme qui occupe une place très particulière dans ma vie, je l'ai haï autant que je l'ai aimé. Papa, tu aurais dû nous dire que tu partais faire fortune au Sénégal. C'est grâce à cette somme de départ que C'est pour hier, *court-métrage financé par la Région, est devenu un long-métrage. Tu refaisais ta vie pour nous, pas pour nous fuir. (Le père, sorte de version XXL de Samba, écrase une larme.)*

Enfin, je tiens à remercier le public, qui nous a réservé un accueil triomphal : soixante-six millions de spectateurs, c'est autant que la population française. Même les nouveau-nés se sont rués pour le découvrir ! Bon, j'avoue, Samba, mon petit frère, l'a vu deux mille fois. (Rires du public puis tonnerre d'applaudissements.)

Samba tape des mains devant Khadijatou. Il la tire de sa somnolence alors qu'elle était en train de recevoir le César du meilleur film, avec toute sa bande. Un beau rêve. Elle a toujours un papier et un stylo qui traînent au pied de son lit, elle ne veut pas passer à côté d'une idée. Alors elle note son discours, on ne sait jamais.

***

Pour la centième fois, Yanis et son père vont regarder *Black Panther* ensemble. C'est leur film fétiche, ils se saluent rituellement en croisant les bras et en scandant « Wakanda forever ». Ses potes hallucinent de voir la culture Marvel de son père, ils le croient super jeune jusqu'à ce que celui-ci leur annonce : « Je lisais déjà des comics quand vous n'étiez pas encore nés ». Ça casse un peu son image. Black Panther est son super-héros préféré, le tout premier Africain en tête d'affiche d'un Marvel. Un Noir qui sauve le monde, ce n'était pas neutre aux États-Unis en 1966, où l'on venait d'assassiner Malcom X en 1965 et où Martin Luther King subirait le même sort en 1968. C'est M. Meniri qui a raconté le contexte historique à son fils. « Les histoires racontent l'Histoire », aime-t-il répéter à Yanis, et ce touareg du Sahara algérien à la peau noire sait de quoi il parle. Il a vécu l'expérience du racisme.

D'abord en Algérie où son mariage avec une Algéroise a la peau blanche est très mal passé auprès de sa belle-famille. Même pays, même langue et pourtant cette barrière de la couleur. À la mort de sa femme, ses beaux-parents ont prétendu qu'elle avait succombé à une malédiction, que leur fille aurait dû les écouter. Quand il y pense, M. Meniri a encore une boule dans la gorge. Heureusement, il s'entend bien avec Djamila, sa belle-sœur, c'est un lien précieux avec celle qui n'est plus, même si par pudeur et par peur de réveiller le chagrin ils évoquent rarement la défunte. En France, il est devenu le blédard, le Noir, l'Arabe, le musulman et le banlieusard. Beaucoup d'étiquettes qui ne se sont pas décollées quand il a obtenu la nationalité française au bout de vingt ans passés ici. Black Panther est le héros de toutes ces minorités en lui, celles qui se battent contre le racisme et les stéréotypes.

D'ordinaire, lors des soirées télé, le père et le fils s'écharpent pour savoir quel super-héros est le plus fort. M. Meniri prétend que c'est la surpuissante Captain Marvel. Yanis lui réplique que, comme il peut remonter le temps et créer des dimensions parallèles, Docteur Strange est imbattable. Mais cette fois-ci, Yanis commente les angles de la caméra, le cadre, la photographie, la construction du scénario. Son père est surpris, et encore plus quand son fils lui montre son appareil photo. Il savait que sa femme le lui avait offert, mais il ne s'était jamais demandé ce qu'il en faisait. Quand, à la fin du film, ils vont se coucher, Yanis lance à son père son traditionnel « Wakanda forever », les bras croisés en guise de salut. Ce soir-là, M. Meniri lui répond : « Bonne nuit l'artiste. »

***

Aline est de corvée de courses à Auchan. Une corvée, c'est vite dit : elle adore ça. Elle scrute les prix affichés, les compare avec ceux indiqués par le scanner et s'il y a une différence, gare à la réclamation. Elle a sa réputation dans le supermarché, le rythme cardiaque des caissiers augmente quand elle s'approche d'eux. On en soupçonne même certains de prendre leur pause quand elle arrive. Après la caisse, troisième vérification, celle du ticket, au centime près et, s'il le faut, direction l'accueil pour contestation. Elle est déçue quand il n'y a aucune erreur, elle a le sentiment d'avoir perdu son temps.

Perdre son temps, voilà bien une expression toute faite à laquelle elle n'avait jamais réfléchi. Pourquoi le temps se perdrait-il puisqu'il s'écoule à l'identique sur tous les points du globe ? Avec *C'est pour hier*, les quatre camarades ont tout de suite saisi le paradoxe temporel entre le présent de « c'est » et le passé de « hier », mais ils doivent élucider deux points obscurs : le sujet et l'action. Le personnage doit tendre vers un objectif, comme eux avec ce concours. L'action sera entièrement construite autour de la question de savoir s'il va l'atteindre, comme dans les films à suspense qu'elle aime tant.

– Ça fait 27,87 euros.

– Pardon ?

– C'est la somme à régler, enfin, sauf réclamation de votre part.

La voix sarcastique de la caissière a tiré Aline de sa réflexion. L'adolescente n'avait pas réalisé qu'elle avait déjà fini ses courses. Elle n'a pas vérifié les prix et elle ne regarde pas non plus le ticket de caisse. Désormais, son temps sera employé à autre chose.

***

– T'étais où ?

Ethan accueille froidement Kevin devant l'immeuble où ils ont leurs habitudes. Moussa et Halim sont là, eux aussi. Depuis qu'il a accepté de participer au coup, sans en savoir plus, il est fuyant. Ses potes ont arrêté l'école dès qu'ils ont eu seize ans. Auparavant, c'étaient des « intermittents du spectacle », comme ils se qualifiaient eux-mêmes, ils venaient en cours une fois sur deux. Aujourd'hui, ils sont entrés dans la petite délinquance, Halim et Ethan sont choufs, guetteurs pour les dealers de la cité. Moussa leur donne des coups de main pour leurs autres activités illégales. Ils veulent passer dans la cour des grands et se faire remarquer par Kamel, le chef de bande du quartier, surnommé Kam, un clin d'œil à la drogue qu'il vend. Ethan lui expose son idée : dévaliser la librairie *Les Mots Passants*. Kevin s'étonne :

– Pourquoi une librairie ?

– La libraire avait oublié la clé du rideau de fer un soir et, coup de bol, je passais par là. J'ai réussi à faire un double. Comme je connais le code de l'alarme, me demande pas comment, il n'y aura qu'à entrer, se servir et sortir.

– Mais des livres, ça n'intéresse personne.

– T'es con ou quoi ? On va pas prendre des livres, on va taper la caisse. Tous les vendredis soir, ils font les comptes de la semaine avant de passer à la banque le samedi matin. Il suffira juste de se servir et de repartir.

Kevin n'a pas l'air emballé.

– Depuis que t'es avec ta meuf, t'es plus le même, frérot, relève Ethan.

– Tu racontes n'importe quoi. Et quelle meuf d'abord ?

– Fais pas l'innocent, on t'a vu traîner avec elle. Tu fais ce que tu veux de ta vie, mais rassure-moi, t'es avec nous ou bien ? demande son pote, agacé.

– Non, je ne suis pas avec vous, répond Kevin, avec fermeté.

– Ah ? s'étonne Ethan.

– C'est vous qui êtes avec moi, se marre Kevin.

Enfin un bon mot ! Les copains sont heureux de retrouver leur Kevin. Dans la poche intérieure de son manteau, il cache le livre qu'il a pris tout à l'heure au CDI. La professeure documentaliste n'en revenait pas. Son titre, *Un coup de tonnerre* de Ray Bradbury, résumait bien ce que représentait cet emprunt pour Mme Dalmasi.

CHAPITRE 23

Vendredi, pendant le ciné-club, Mme Tayeb a décidé de faire le point sur l'avancée du concours de scénarios. Il ne reste plus que deux semaines, il va falloir se presser. Elle est restée sur l'image désastreuse de leur dernier rendez-vous où seule Khadijatou était venue. Et si elle n'avait pas été assez présente pour ses élèves ? Son parti pris a été de les laisser gérer leur temps, de faire confiance à leur intelligence. Individuellement, ils ont toutes les capacités qu'il faut, mais ça ne suffit pas toujours pour créer un esprit de groupe. Lycéenne, elle avait connu la difficulté de créer ensemble. Lors de la préparation du concours dont ses camarades et elle avaient été disqualifiés pour une fausse tricherie, les disputes avaient été nombreuses, et elle avait dû faire bien plus que sa part pour mener le projet à son terme. Khadijatou arrivera-t-elle à devenir la meneuse qu'elle rêve de devenir ? Yanis acceptera-t-il de mettre son ego en sourdine ? Aline s'impliquera-t-elle pleinement dans l'écriture ? Kevin retombera-t-il dans ses travers ? Ses questions tournoient dans la tête de la professeure de français quand la poignée de la porte remue. La tignasse de Yanis le précède, mais le voilà qui trébuche, poussé par Kevin juste derrière lui. Mme Tayeb s'apprête à s'interposer pour éviter une bagarre entre eux, mais le sourire des deux garçons témoigne qu'ils sont juste en train de s'amuser. Khadijatou et Aline les suivent de près, de bonne humeur, elles aussi. La professeure est rassurée. Enfin, pas tout à fait, Khadijatou sort une montagne de papiers griffonnés de son sac à dos. Est-ce qu'elle n'en fait pas trop ? Elle est toute fière du travail qu'elle a accompli. Les autres la regardent avec étonnement.

– C'est quoi, tout ça ? demande Yanis.

– Des idées. Je n'ai plus réussi à dormir de la nuit après un drôle de rêve. Et toi, tu as pu travailler ? le relance Khadijatou.

– Oui, tout est dans ma tête ! frime Yanis.

– Moi, j'ai voulu m'y mettre, admet Aline, contrite. J'ai plein de questions théoriques mais rien de concret. Je manque d'imagination, je ne suis vraiment pas très utile à ce projet. Je pense que vous avanceriez mieux sans moi…

– Tu rigoles, la coupe Khadijatou. On a commencé à trois et on finira…

– … à quatre, la coupe Kevin, en posant *Un coup de tonnerre* sur la table.

– Tu lis, toi ? s'étonne Khadijatou.

Mme Tayeb éprouve la même surprise. Rien que pour ce miracle, ce concours aura servi à quelque chose !

– Eh ouais, fanfaronne Kevin. C'est l'histoire d'un groupe d'Américains qui voyagent dans le passé pour tuer un dinosaure. Ils ont des consignes strictes pour éviter de marcher sur le sol, de toucher à d'autres animaux, de faire quoi que ce soit qui pourrait modifier le présent. Le moindre détail pourrait changer le cours de l'histoire. L'un d'eux tombe par accident de la passerelle d'où les personnages devaient chasser le dinosaure. Quand ils reviennent au présent, le candidat fasciste qui avait perdu l'élection présidentielle avant leur voyage l'a gagnée. En chutant de la passerelle, l'homme a écrasé un papillon essentiel pour l'évolution, ce qui a modifié le futur.

– Ça me rappelle l'effet papillon : le battement d'ailes d'un papillon à Paris peut provoquer un ouragan à New York, intervient Khadijatou.

– Chaque fois que notre personnage repart vingt-quatre heures en arrière, le présent change à cause de la cascade d'événements qu'il provoque, propose Yanis.

– En résolvant un problème, il en crée d'autres dont il ne mesure pas les conséquences ! s'exclame Khadijatou.

– Excusez-moi d'être terre à terre, mais on parle de qui et de quoi ? soulève Aline, légèrement inquiète.

– Tu t'es endormie ? se moque gentiment Yanis.

– C'est très bien de parler d'idées, de théories, ajoute-t-elle. Mais qui est notre personnage ? Ou nos personnages ? Un homme ? Une femme ? Des adultes ? Des enfants ? Des gens ordinaires ? Des scientifiques ? Des personnes avec de bonnes ou de mauvaises intentions ? Et quand ils repartent vingt-quatre heures en arrière, est-ce qu'ils peuvent encore retourner vingt-quatre heures en arrière ou ils sont pris dans une boucle temporelle ?

– Ma parole, tu me fais mal à la tête avec toutes tes questions ! réagit Yanis.

– Elles sont pourtant nécessaires, rebondit Mme Tayeb, qui s'était volontairement effacée jusque-là. Aline a raison, il faudra bien que vous donniez un visage à vos personnages. Vous devez les caractériser, et les scènes d'exposition sont primordiales pour cela.

La professeure de français se retient de dire le fond de sa pensée : tout cela est bien trop alambiqué. Elle ne peut pas s'empêcher de redouter qu'un jury puisse penser que des élèves de banlieue sont incapables d'élaborer un tel scénario. Elle est presque rassurée quand Aline reprend la parole :

– Ou alors on laisse tomber cette histoire, elle est peut-être trop compliquée pour nous.

– Pourquoi elle serait trop compliquée « pour nous » ? s'indigne Khadijatou. On n'a même pas commencé à l'écrire.

– Justement, il ne nous reste plus que deux semaines et on a une seule piste, et floue en plus, insiste Aline. Je me dis que les idées que tu avais données au début étaient plus à notre portée. La vie en banlieue, on connaît, et je suis sûre qu'aucun autre groupe n'en parlera. Jouons sur nos avantages.

– On a plein de choses à dire sur les violences, confirme Yanis.

Mabataï, un adolescent, se retrouve témoin par hasard du meurtre d'un guetteur de sa cité. Tout le quartier s'embrase parce que les habitants croient que le coupable est un policier. Seul Mabataï a vu le tueur, mais il doit se taire par peur des représailles et parce qu'il est persuadé d'avoir reconnu sur place son meilleur ami, Sékou, disparu sans laisser de traces des années auparavant. Le lycéen, perché dans son monde dont la musique est le centre, va mener son enquête. Voilà le synopsis qu'avaient imaginé la jeune Malika Tayeb et ses camarades. Leur intention : dénoncer toutes les formes de violence que subissent les banlieues. Dans la proposition de Yanis, elle reconnaît ses préoccupations de la fin des années 1990. On en est encore là, vingt-cinq ans après ? Elle serait bien curieuse de savoir ce que la jeune génération a à dire sur cet éternel problème, mais elle se tient à sa résolution de non intervention. C'est leur projet, pas le sien, et d'ailleurs Khadijatou ne se fait pas prier pour objecter :

– Ça vous dérange pas d'abandonner parce que c'est trop dur ? Franchement, ça vous fait pas kiffer d'imaginer d'autres situations que celles que nous vivons ?

– Faut être réaliste, réplique Yanis.

– Edison a dit : « Je n'ai pas échoué. J'ai juste trouvé dix mille moyens qui ne fonctionnent pas », insiste Khadijatou.

– C'est qui, ce mec ? Nous, on a pas le temps de se tromper dix mille fois. On doit avancer. On pourra pas revenir vingt-quatre heures en arrière lors de la remise du projet, conclut Yanis.

Mme Tayeb est d'accord. Le groupe ne peut plus se permettre de gaspiller du temps. Pour y arriver, il faut prendre une direction claire et définitive. Pour le moment, aucune piste de travail n'est concrète. Il est absolument nécessaire d'avancer. Elle ne se prononce pas sur le fond, elle s'en tient à de vagues rappels au règlement, dont l'une des clauses énonce justement que les professeurs ne doivent pas influencer leurs élèves. À sa manière subtile, elle essaie de les aider en projetant *L'Enfer d'Henri-Georges Clouzot* de Serge Bromberg et Ruxandra Medrea. Sorti en 2009, il s'agit d'un documentaire à propos d'un film des années 1960 qui n'a jamais été réalisé. Henri-Georges Clouzot, son réalisateur, avait pourtant reçu un financement illimité d'un studio américain. Avec cet argent, il a fait des expérimentations sur le son, l'image, il a changé plusieurs fois de lieux de tournage… Et finalement, à force de tourner en rond, il n'a pas réussi à aller au bout de son projet. Le message que veut leur faire passer Mme Tayeb est clair : il faut vraiment se lancer pour réussir et ne pas en rester aux explorations. Le groupe doit maintenant transformer ses paroles en actes.

CHAPITRE 24

Le lendemain, un nouveau rendez-vous de travail a lieu chez Yanis. Le jeune homme est aux anges, tata Djamila va sortir de l'hôpital dans deux jours. Et comme une bonne nouvelle n'arrive jamais seule, son père a préparé sa fameuse tarte au citron meringuée. Il dit « fameuse » en prenant un air très fier. Dès que son père a le dos tourné, Yanis avoue à ses camarades qu'il en prend toujours deux parts pour lui faire plaisir. Il fait tellement d'efforts pour son fils depuis qu'il doit l'élever seul, que ce dernier ne veut surtout pas le décourager. Aline et Khadijatou s'accordent à dire que ce n'est pas le goûter du siècle, mais elles ne se font pas prier pour en reprendre. Elles sont anxieuses, Kevin n'est toujours pas là. Se réunir un samedi n'était peut-être pas une bonne idée, il doit avoir mieux à faire avec ses potes.

Mais, ouf, Kevin entre dans le salon. Derrière lui, M. Meniri explique qu'il a croisé « ce jeune homme » dans la cage d'escalier. Le père de Yanis est content de voir son fils avec des personnes de son âge, car à force de consacrer ses journées à sa tante Djamila, il avait peur qu'il passe à côté de son adolescence. Yanis sert à Kevin une part de tarte, qu'il dévore. De ce simple geste de partage émane une chaleur qui n'existe pas chez lui. Ni son père ni sa mère ne lui ont préparé de gâteau depuis si longtemps... Il avait droit à un millefeuille, sa pâtisserie préférée, chaque dimanche, au retour du marché, mais ça, c'était bien avant les disputes.

– J'admets que vous aviez raison la dernière fois, on devrait changer de sujet, commence Khadijatou. Le temps, c'est trop flou, trop ambitieux.

– C'est drôle ça, dit Yanis, Aline et moi on se disait tout l'inverse. T'as raison, évoquer des problèmes de notre quartier, c'est un peu cliché. Tu en penses quoi, Kevin ?

Kevin est toujours surpris quand on lui demande son avis. Même dans sa bande de potes, et contrairement aux apparences, il est plutôt suiveur que leader. Comme il est grand, musclé et qu'il se défend bien à la bagarre, il se retrouve souvent au milieu des situations les plus chaudes, mais quand il s'agit de proposer une sortie ou de réfléchir à un plan, on le met face au fait accompli, comme avec ce projet de cambriolage. Alors qu'il vient de lire en entier le premier roman de sa vie, il s'apprête à voler la caisse d'une librairie. Quelle ironie ! Cette situation pourrait lui donner des idées pour leur scénario, mais il ne va certainement pas se griller en la proposant.

– Ce qu'a dit Aline la dernière fois m'a fait réfléchir, répond Kevin après trente secondes de silence. Qui sont nos personnages ? Et si c'étaient nos doubles ? Quatre héros qui nous ressembleraient sans être tout à fait nous et qui seraient confrontés à leurs erreurs. Erreurs que le voyage dans le temps leur permettrait de corriger.

– Hum… intéressant, juge Khadijatou.

– J'ai eu cette idée après le documentaire que nous a montré Mme Tayeb. Je me suis demandé ce que ce réalisateur, Clouzot, aurait aimé changer pour aller au bout de son film s'il en avait eu la possibilité. Puis je me suis posé la même question pour moi.

– Alors admettons que le point de départ, ce soit quatre élèves qui participent à un concours de scénarios, propose Khadijatou.

– Peut-être que c'est un peu trop facile, corrige Yanis. On participe à un concours de scénarios et on parle d'un concours de scénarios. Peut-être que d'autres auront la même idée. Et si on partait du tout début entre nous, quand on s'est retrouvés collés ensemble ?

– T'es pas bête quand tu t'y mets, glisse Khadijatou. Et ces quatre élèves auraient des caractéristiques qui nous ressembleraient. Moi, je serais la belle gosse qui travaille sur une équation pour gagner au Loto !

– Moi la beauté fatale qui fait plein de réclamations, poursuit Aline, amusée.

– Moi le grand type bavard souvent au chevet de sa tante, plaisante à moitié Yanis.

Tout le monde se tourne vers Kevin. Tour à tour, il interprète les expressions des personnages selon les caractéristiques proposées par chacun. Il joue Yanis et Aline en se mettant à genoux, pour se moquer gentiment de leur petite taille. Yanis relève qu'il ne se permet pas de blague sur Khadijatou, et Kevin répond qu'elle fait sa taille et qu'il n'a rien à redire sur le fait qu'elle soit une belle gosse. Yanis lui tape dans la main pour saluer sa punchline et il lui demande :

– Et toi alors, tu jouerais quel personnage ?

– Parce que j'ai un rôle, moi aussi ? s'étonne Kevin.

– Bien sûr, répond Khadijatou. Celui du type qui joue au thug mais qui doute de lui à l'intérieur.

Kevin sourit. Oui, il doute. Dans quelques jours, il va participer au cambriolage d'une librairie pour faire plaisir à sa bande de potes, mais à l'intérieur, il se demande bien pourquoi il doit céder à ça.

CHAPITRE 25

Quelques jours plus tard, Khadijatou croise Bébert, le patron du tabac. Étonné de ne plus la voir, il s'inquiète de sa santé. Mais le sourire de l'adolescente le rassure tout de suite. Il ajoute, avec un clin d'œil entendu, qu'il le sera tout à fait quand il verra à nouveau sa mère chez lui jouer au Loto pour elle. Le cafetier est avant tout un commerçant et il ne veut pas perdre une aussi bonne cliente. Mme Diallo sourit de l'anecdote quand sa fille la lui raconte. C'est vrai qu'elle a l'air plus épanouie ces derniers temps, elle laisse son doudou à Samba alors qu'avant, c'était impensable. Mme Diallo a une intuition qui lui inspire à la fois joie et crainte.

– Est-ce qu'il y a un garçon derrière ce bonheur ?

– Non, maman. Enfin si, il y a deux garçons et une fille.

Mme Diallo recrache l'eau qu'elle était en train de boire. Est-ce qu'elle a bien entendu ?

– Rassure-toi, c'est pour un projet de scénario.

– Un scénario avec des formules mathématiques ?

– Non, une vraie histoire qu'on invente avec des amis du collège !

– Ça parle de quoi ?

– De regrets. Est-ce que tu en as, toi ?

– Comme tout le monde, j'imagine. J'aurais dû mettre plus de sel dans le riz par exemple.

– Pas ce genre de regrets. Des gros, ceux qui changent une vie…

Khadijatou se retient de poser la question qui lui trotte dans la tête depuis des années et dans un souffle, elle murmure :

– Et si c'était à refaire, est-ce que tu crois que tu éviterais de rencontrer papa ?

Sa mère reste muette d'étonnement. Décidément, sa fille est en train de grandir d'un coup.

– Excuse-moi, si tu veux, on change de sujet, se reprend Khadijatou.

– J'ai juste été surprise. Est-ce que je l'éviterais ? Comment te dire…

Mme Diallo pèse le pour et le contre. L'expression « comment te dire » est un tic de langage qui lui sert à gagner du temps. Et elle ne veut pas répondre à la légère, elle sent que ses mots seront importants pour sa fille.

– Non, je ne changerais rien. Sinon je ne serais pas en train de parler avec ma merveilleuse fille et son chenapan de frère ne serait pas en train de me tirer les cheveux.

Et puis, tu sais, nous avons eu de bons moments, ton père et moi. Tu dois surtout te souvenir de nos disputes, mais il y a eu beaucoup d'amour entre nous sinon ni Samba ni toi ne seriez nés.

Mme Diallo se lève, ouvre un placard et en sort un album photos. Quand mère et fille commencent à se remémorer le passé, Mme Diallo se met soudain à parler de « Samuel », un prénom jusque-là tabou dans leurs conversations. Elle avait plutôt l'habitude de dire « ton père », avec une pointe de dédain. Samuel adorait faire des chatouilles à Khadijatou en lui embrassant le cou, c'est pourquoi elle garde ce réflexe de hausser imperceptiblement les épaules quand on lui fait la bise. Mme Diallo le démontre en embrassant sa fille, qui se raidit une milliseconde avant de s'abandonner à l'affection de sa mère.

– Dis, maman, sur les photos, vous avez l'air heureux… enfin, jusqu'à ma naissance ! C'est à cause de moi qu'il est parti, papa ?

Cette question hante Khadijatou depuis longtemps. Ses parents semblent tellement joyeux quand ils sont tous les deux. Les sourires, les gestes d'amour s'estompent peu à peu sur les photos de famille. Ils posent ensuite toujours avec leurs enfants, sérieux dans leur rôle de parents plutôt que joyeux dans celui d'amoureux. Même lors de la naissance de Samba, ils ont l'air plus fatigués qu'épanouis.

– J'ai des doutes pour ton futur prix Nobel, Khadijatou, tellement tu es loin de la vérité ! Tu es la plus belle chose qui nous soit arrivée, avec ton frère. Le départ de Samuel n'a rien à voir ni avec Samba ni avec toi, c'était un problème entre lui et moi. S'il n'avait pas sorti de son chapeau cette histoire de retour au pays, il aurait prétexté autre chose. De toute façon, s'il n'était pas parti, c'est moi qui l'aurais fait tôt ou tard parce que notre vie devenait trop chaotique. Je ne vais pas prétendre que j'ai bien pris son départ, j'étais dévastée. Mais avec le recul, je dois être honnête, c'est plus mon orgueil qui a été blessé, et puis j'avais très peur de ce que j'allais devenir sans lui. Surtout pour vous, mes enfants. Et tu vois, finalement, on ne s'en sort pas trop mal. Je suis fière de toi, ma grande fille, même si tu es un peu fofolle avec ton obsession du Loto. Ton frère et toi me rendez très heureuse.

Khadijatou n'avait jamais osé engager cette conversation parce qu'elle avait peur de la réponse de sa mère. Et si elle avait été la première responsable de leur rupture ? Un gros fardeau quitte son cœur et si elle a un regret, c'est de ne pas avoir osé aborder ce sujet avant.

***

Le conseil de classe du premier trimestre approche, pourtant Aline ne consulte pas le règlement pour trouver le meilleur moyen de défendre chacun de ses camarades comme elle s'y emploie d'habitude. Elle aime répéter ses plaidoiries devant son père, fier de sa rigueur qui compense une éloquence perfectible. Après la sortie au cinéma avec sa mère, c'est une preuve supplémentaire que quelque chose ne tourne pas rond. Elle avait eu le même comportement surprenant en classe de CM2, elle n'était plus elle-même. Il s'était avéré qu'elle subissait le harcèlement de certains de ses camarades, depuis des mois, sans qu'elle ose les dénoncer.

– Quelqu'un t'embête au collège ? lui demande son père.

– Non.

– Pourtant quelque chose a changé. On passe de moins en moins de temps ensemble.

– Ne t'inquiète pas, j'ai juste beaucoup de travail.

– Quelle matière peut t'accaparer autant ?

– Ce n'est pas une matière, c'est autre chose. Dis, papa, si tu devais changer une chose à ta vie, ce serait quoi ?

– C'est une drôle de question et tu n'as pas répondu à la mienne. Tu me caches quelque chose ?

– Mais non, c'est juste un projet de scénario sur lequel je travaille avec des amis. Alors, tu as un regret ?

M. Mercadier ne sait pas quoi répondre. Pourquoi aurait-il des regrets, lui qui fait tout pour ne pas en avoir ? Et gare à ceux qui le bernent, ils ont droit à de belles lettres de réclamation ! Plein d'exemples lui reviennent en mémoire, il faut dire qu'il n'a pas chômé en demandes de dédommagement en tous genres ! Il pense à sa jeunesse, à ses parents et à cette période où il a été séparé d'eux. Si seulement il avait connu ses droits à ce moment-là… Il ne veut pas polluer l'esprit de sa fille avec ses malheurs, il souhaite juste lui apprendre à se défendre. Sa femme et lui ont parfois eu de vives discussions au sujet de l'éducation d'Aline, mais puisque leur fille semblait aimer cette activité transmise par son père, Mme Mercadier n'a rien eu à redire.

– Alors, papa ?

– Rien ne me vient, mais je te promets d'y réfléchir.

M. Mercadier n'est pas fier de ce mensonge. Cette peur, qu'il appelle la pudeur, le retient.

Avant de la laisser, il ajoute :

– En tout cas, je suis content d'apprendre que tu travailles sur un projet avec des camarades. Content et rassuré.

***

Tata Djamila rentre chez elle avec un vrai, grand et beau sourire. Yanis est près d'elle, aussi heureux que ses deux enfants. Il était prévu que son père et lui passent juste pour le déjeuner, mais le temps a filé, il est déjà 20 heures et Yanis ne veut pas bouger. Tant pis pour ses devoirs, pour le scénario, rien ne compte plus que la famille. Tata Djamila a remarqué qu'il portait un appareil photo en bandoulière en arrivant, elle le prend à part dans sa chambre.

– C'est l'appareil que ta mère t'a offert ? demande-t-elle à Yanis.

– Tu savais ?

– Ma sœur et moi étions très proches, tu sais… Tu veux me montrer quelques-unes de tes photos ?

Yanis fait défiler plusieurs clichés que sa tante commente. Elle relève immédiatement le thème de la séparation sociale. Elle remarque aussi des détails inconnus concernant son neveu, comme par exemple la récurrence du rouge qui doit avoir pour lui une signification inconsciente. Il n'en revient pas de tout ce qu'elle voit, elle a un œil incroyable. C'est peut-être de famille, après tout. Elle demande à Yanis si elle peut ouvrir une série de photos dont le titre l'intrigue : « maman ». Celles-ci sont moins bien cadrées, la lumière n'est pas toujours très bonne, on remarque que le photographe ne maîtrisait pas encore les subtilités de son art. Le côté brut les rend d'autant plus émouvantes. Tata Djamila se met à verser une larme, elle prétend que c'est la fatigue, mais Yanis la connaît trop bien pour la croire.

– Tata, tu peux me parler de maman ?

– Je t'ai déjà raconté le pari idiot qu'on avait fait avec Sarah ?

Bien sûr, Yanis a entendu mille fois cette anecdote. Il secoue toutefois la tête, il veut l'écouter une mille et unième fois pour se souvenir encore et encore de sa mère. Son père lui en parle si peu, c'est trop douloureux pour lui. Tata Djamila n'est pas dupe, mais elle ne se fait pas prier pour se lancer.

– Quand nous étions petites, ta mère et moi, nous n'avions pas beaucoup de moyens et il était très rare que nous puissions manger des gâteaux. Ça me faisait saliver, toutes ces merveilles inaccessibles que je dévorais des yeux à travers les vitrines. Tu vois pourquoi tes photos me parlent, la barrière invisible, je l'ai vécue. Ta mère aussi. Sarah et moi nous étions juré que dès que l'une d'entre nous gagnerait sa vie, elle achèterait un gâteau pour huit personnes et que nous le mangerions rien que nous deux. Eh bien c'est ce que nous avons fait lorsque je suis devenue apprentie... dans une pâtisserie ! Nous étions comme possédées, ivres de sucre, à la fois ravies et écœurées au bout d'un moment. Et tu sais quoi ?

– Non, réplique Yanis, faussement ingénu.

– Nous l'avons fini jusqu'à la dernière miette. Une promesse est une promesse ! Ta mère a tout vomi, mais qu'est-ce qu'on a ri ce jour-là ! C'était notre revanche !

Ça se finit toujours de la même manière, tata Djamila « pleurigole », selon son expression, elle pleure et elle rigole en même temps. Elle prend son neveu dans ses bras et l'enlace très fort. Au bout de longues secondes, serrés l'un contre l'autre, sans un bruit, Yanis lui demande :

– Si tu pouvais revenir en arrière, est-ce que tu changerais quelque chose à ta vie ?

Tata Djamila réfléchit longuement.

– La seule chose que je vois, c'est la mort de ta mère. Mais il n'y avait rien à faire, c'est ce qu'il y a de plus terrible avec cette maladie. Je pourrais revenir cent fois en arrière, le résultat serait cent fois le même et je serais cent fois désespérée. J'ai appris à accepter la vie comme elle vient.

Sans réfléchir, Yanis prend une photo de sa tante. Il l'enregistre sous le titre : « la vie comme elle vient ».

***

Chez les Martin, les disputes des parents sont un fond sonore permanent. Aussitôt rentré, Kevin veut repartir, fuir les insultes. S'il pouvait revenir en arrière, il ferait en sorte que ces deux-là ne se rencontrent jamais. Mais alors, il ne serait pas né. Est-ce que ce serait si grave, après tout ? Il n'a pas le temps de répondre, il reçoit un SMS :

C'est pour ce soir.

Pourquoi ce changement de dernière minute ? Le cambriolage était prévu pour le lendemain. Tant pis, cela lui donne une bonne excuse pour ne pas y participer, il pourra toujours dire qu'il était occupé et qu'il n'a pas vu le message, il a toute une nuit pour trouver un prétexte. Le bruit s'intensifie dans le salon, ce n'est pas possible de rester ici, il va devenir fou au milieu de tous ces cris. Il se dirige vers la porte. Sa mère veut lui interdire de sortir, son père, au contraire, l'encourage, juste pour contredire sa femme. Il dévale les escaliers pour ne plus être l'otage de leur relation toxique. Il compte se balader en ville en échangeant sur FaceTime avec Khadijatou. C'est devenu leur petit rituel depuis deux semaines, ils parlent du projet, qui a bien avancé, et aussi de tout et de rien. Mais, surprise, au pied de l'immeuble, il tombe sur sa bande qu'il voulait justement éviter. Ethan le prend par l'épaule. Le geste *a priori* amical est accompagné d'une parole qui l'est beaucoup moins :

– On a de sérieux doutes sur toi, mec, c'est pourquoi on est venus jusqu'ici. Il va falloir que t'assures…

Le jeune homme est à nouveau pris en otage, cette fois par l'effet de groupe…

***

Sur le chemin du pavillon où elle se rend en trottinette électrique, Katia croise Kevin et sa bande. Elle lui fait un signe de la main, auquel il ne répond pas. La terreur du collège, qui s'est bien calmée dernièrement, semble concentrée sur autre chose. Pour lui, la fille la plus populaire d'Henri-Wallon n'existe pas. Comme pour ses parents. Presque tous les soirs, elle leur raconte qu'elle va réviser chez une amie et ils la croient. Elle se demande s'ils ne le font pas exprès pour se retrouver seuls. Comment se persuadent-ils qu'elle est le bourreau de travail qu'elle prétend être avec les notes désastreuses qu'elle récolte ? Ils ne se donnent même pas la peine de vérifier chez qui elle va, ni si elle est bien arrivée. Les rares fois où ça se produit, elle invente un prénom et ça passe.

Cette soirée où elle se rend à Saint-Ouen lui sert à oublier que ses parents l'oublient. Elle brille sur la piste de danse. Tout le monde la regarde. Elle existe enfin. Elle attire l'œil des garçons et la jalousie des filles. Pendant une pause clope, elle discute avec l'une d'elles, Célia.

– Tu t'appelles comment ? hurle Célia pour se faire entendre malgré la musique.

Katia répond en grimaçant, mais l'autre ne semble pas se rendre compte de sa mauvaise humeur.

– C'est marrant, je t'ai jamais vue à Joséphine-Baker, s'étonne l'importune.

– Normal, je suis à Henri-Wallon à Aubervilliers, s'agace Katia.

– Ah, c'est drôle ça, ma mère m'a parlé d'un groupe de ton collège qui participe à un concours de scénarios…

Katia se trompait sur cette inconnue qu'elle pensait insignifiante. Elle l'écoute très attentivement et retient son anecdote dans les moindres détails. Elle identifie très vite le groupe, l'attitude de ses membres les trahit. La vengeance est un plat qui se mange froid, dit-on. Grâce à Célia Vignal, son informatrice malgré elle, Katia tient enfin la sienne contre Aline, Yanis et Khadijatou qui ont comploté contre elle lors de l'élection des délégués de classe.

CHAPITRE 26

Khadijatou, Aline et Yanis descendent la rue Edgard-Quinet en direction de l'hôtel de ville d'Aubervilliers, d'où ils prendront le tramway jusqu'à la basilique de Saint-Denis. La nécropole des rois de France, où s'est jouée une partie de l'histoire nationale, les inspirera, a affirmé Khadijatou quand elle a choisi ce lieu de rendez-vous symbolique la veille de l'envoi du dossier. Yanis a accepté parce qu'il était curieux de découvrir de nouvelles lumières et Aline ne refuse jamais de suivre Yanis. Les trois jeunes gens n'ont plus peur de se montrer ensemble. Ce n'est pas le cas de Kevin, en retard, qui ne répond pas au téléphone. Ils l'ont attendu et ont pris soin de lui envoyer plusieurs SMS pour lui indiquer leur destination dans l'espoir qu'il les rejoigne. La station de tramway est bondée et, parmi la foule, un collégien les reconnaît et s'écrie :

– C'est vrai que vous participez à un concours de scénarios ?

Les trois camarades, indifférents, haussent les épaules à l'unisson.

– Ha ha ! C'est Katia qui l'a raconté sur les réseaux. Ça parle que de vous sur son groupe Snap ! Vous vous prenez pour qui, bande de bouffons ?

Les regards se tournent vers eux, des sourires se dessinent dans la rame. Yanis s'apprête à répondre, mais Khadijatou lui intime le silence par un coup de coude. Inutile de se lancer dans une vaine dispute avec des inconnus, leur énergie doit être concentrée sur l'écriture, pas sur les critiques. Quand ils descendent, le ricaneur les interpelle d'un « Salut, Zendayatou, Margot Robbitch et Pierre Niniais ! ». Yanis, furieux, esquisse un mouvement, et c'est cette fois Aline qui le retient. Ils n'ont pas de temps à perdre, il faut rendre le dossier demain.

On ne voit pas immédiatement la basilique en sortant du tramway. Et ce n'est qu'à l'intérieur que les camarades réalisent combien elle est immense, baignée par la lumière des vitraux aux multiples couleurs. Yanis se retient de toutes ses forces de sortir son appareil photo. Des statues de rois, de reines et de princes allongés jalonnent l'espace que le roi Dagobert, le premier, a choisi pour tombeau. Une guide raconte l'histoire de ces gisants de pierre à un groupe de touristes. Les trois camarades, captivés, s'oublieraient complètement dans ce récit si ce n'était le pragmatisme de Khadijatou qui les rappelle à l'ordre.

– Bon, c'est passionnant tout ça, mais on n'est pas venus assister à un cours d'histoire. C'est à nous d'écrire la nôtre. Aline, tu veux bien récapituler où nous en étions ? lui demande Khadijatou.

– Quatre élèves sont collés par leur prof de français parce qu'ils ont chahuté en cours. Le lendemain, leur professeure les presse d'entrer dans la salle de retenue. Elle leur dit : « Dépêchez-vous, c'est pour hier. » Tout à coup, ils sont propulsés vingt-quatre heures en arrière. Chacun se retrouve face à un choix : reproduire le comportement qui l'a conduit à la punition ou l'éviter, récapitule Aline.

– C'est bien ça, confirme Khadijatou, très cheffe de bande.

Aline, qui a pris confiance en elle depuis qu'elle fait partie du projet, poursuit :

– Il nous reste quelques questions. Par exemple, comment se prend la décision de changer le passé ? C'est une décision individuelle ou collective ? À la majorité ou à l'unanimité ? Et qu'est-ce qui se passe en cas de blocage ?

– Tout ça, c'est des détails, grommelle Yanis.

– On doit y répondre, ça va déterminer la dynamique du groupe, insiste Khadijatou. S'il faut convaincre tout le monde ou la majorité, ça peut changer les stratégies internes et les possibilités de résistance. Moi, je pense que c'est la majorité qui doit décider.

– Une autre piste de réflexion : et si en revenant vingt-quatre heures en arrière, les élèves avaient encore le choix de revenir vingt-quatre heures en arrière ? propose Aline.

– S'ils peuvent le faire une fois, pourquoi pas deux ou trois ou quatre ou un nombre infini de fois tant qu'on y est ? grince Yanis.

– C'est mon idée, insiste Aline. Chaque fois, ils pourraient revenir encore plus en arrière pour changer encore plus de choses…

– Et chaque fois, ils régleraient des problèmes et en créeraient d'autres ! s'enthousiasme Khadijatou. Plus ils reculent dans le temps, plus ils fuient leurs problèmes présents.

– C'est un peu comme s'ils étaient prisonniers de sables mouvants, plus ils bougent plus ils s'enfoncent, et plus ils repoussent l'idée du présent, illustre Yanis, entrant à son tour dans le jeu.

– Ils fuient le présent et créent des conséquences dans un présent alternatif qu'ils fuient à nouveau et ça, sans cesse, et à différentes époques. Ils cherchent un état de perfection illusoire que ne leur offre aucun monde. Ils s'aperçoivent que c'est leur regard qu'ils doivent changer et qu'il leur faut assumer leurs actes, déclare Aline, soudain exaltée.

– Attends, l'interrompt Khadijatou impressionnée.

– Je crois que je me suis emballée… s'excuse Aline.

– Non, au contraire, il faut juste que je note sinon on risque d'oublier !

– Moi, j'ai une remarque à faire, tempère Yanis. C'est bien nous qui parlons ? Parce que là l'histoire devient carrément…

Un mot prétentieux lui brûle la langue, il n'ose pas aller au bout de sa pensée.

– Vous voulez dire *philosophique* ?

– Oui, c'est exactement ça !

Yanis répond automatiquement avant de comprendre que ce n'est ni Khadijatou ni Aline qui a parlé et, qu'en plus, la personne l'a vouvoyé. Il se tourne vers un inconnu.

– J'écoutais votre conversation de façon indiscrète, pardon. Mais elle est super, votre histoire, où pourra-t-on la lire ?

Les trois camarades s'amusent de cette drôle d'intrusion. Emportés par leur enthousiasme, ils n'ont pas remarqué qu'ils avaient un public.

– En fait, c'est un projet de court-métrage. Ce sera bientôt au cinéma. Notez bien le titre : *C'est pour hier*, baratine Khadijatou.

Une plaisanterie, vraiment ? Ils échangent un regard complice. Une ambition germe peu à peu en eux. Et pourquoi pas finalement ?

CHAPITRE 27

Yanis a décidé de rester un peu pour prendre quelques photos, Khadijatou et Aline l'accompagnent. Tous ont besoin d'une pause après cette séance de remue-méninges. La basilique de Saint-Denis, qui ne payait pas de mine de prime abord, déploie toute sa majesté vue du parvis. Tout est une question de point de vue. De même, les trois camarades se voient aujourd'hui différemment. Ils s'offrent une nouvelle perspective sur leur projet et sur eux-mêmes. Pourquoi a-t-il fallu que ce soit un étranger qui ose prononcer le mot « philosophique » ? S'interdisent-ils l'ambition jusque dans leur vocabulaire ? Pourquoi ne se permettent-ils pas de s'imaginer en futurs reines et rois de France ?

À Saint-Denis, Yanis a trouvé un terrain d'exploration idéal pour ses photos. Les « deux mondes », populaire et bobo, cohabitent sur le parvis. Le photographe en herbe s'est placé devant un café bio pour illustrer la séparation dedans/dehors. Au bout d'une heure, il sort de sa bulle.

– Au fait, toujours pas de nouvelles de Kevin ?

– Non, aucune. J'espère qu'il n'est pas en train de nous laisser tomber, répond tristement Khadijatou qui lui a envoyé des dizaines de SMS restés sans réponse. Il va falloir redistribuer les rôles sans lui, on n'a pas le choix. Je réécris le synopsis et Aline et toi, vous complétez la note d'intention ?

Ils pourraient rester ensemble, mais Khadijatou fait tout pour jouer les entremetteuses. Elle avait prévu de travailler avec Kevin pour cette même raison.

– Rendez-vous dans deux heures ici même, d'accord ?

Sans attendre leur réponse, Khadijatou part dans son coin, elle a repéré un banc où elle va pouvoir rédiger tranquillement. Elle regarde autour d'elle et il lui semble voir le monde à travers les yeux de Yanis. Elle écrit dehors en plein mois de décembre, tandis que d'autres sont installés bien confortablement au chaud, à l'intérieur d'un café. Heureusement, l'hiver est doux sinon elle serait allée à la médiathèque. Elle a l'impression d'avoir intégré la grille de lecture de son ami photographe et elle se dit qu'elle aimerait que leur scénario ait le même impact que ses clichés : changer les regards. En quelques semaines, elle a énormément évolué, ses premiers sujets tournaient autour d'elle puis des problèmes de banlieue, qu'elle connaît par cœur. Le scénario en parlera, mais de façon détournée. Il s'agit désormais de créer des personnages incarnés et situés dans un environnement, mais le sujet ira bien au-delà et touchera à l'universel. Ces nouveaux questionnements, elle voudrait qu'ils inspirent leurs futurs spectateurs. Oui, leurs spectateurs, car elle ne pense plus seulement au dossier, au concours. Elle voit les images derrière les mots. Mais plutôt que de sauter les étapes, il faut maintenant qu'elle se concentre sur le synopsis. En commençant à rédiger, elle repense aux mimiques de Kevin et ça l'aide à donner de l'épaisseur aux personnages. Dommage qu'il ne soit pas là, il apporte tellement au groupe. Sans ses jambes, pas de concours, sans sa tête, pas d'idée initiale, sans son jeu, pas d'incarnations. Sa réflexion est interrompue par la sonnerie de son téléphone. Aline et Yanis ont déjà fini ? Le temps est si vite passé ?

– Bonjour, Khadijatou, c'est madame Tayeb.

– Madame Tayeb ? Nous sommes justement en train de travailler sur le scénario, vous allez être fière de nous ! s'emballe l'adolescente.

– J'en suis sûre, répond d'une voix étrangement morne la professeure de français.

Après un silence glaçant, elle poursuit :

– J'ai une mauvaise nouvelle : Kevin est en garde à vue.

– Quoi ? s'écrie Khadijatou en sursautant.

– Il a été arrêté pour un vol dans une librairie.

– C'est une blague ?

– Est-ce que j'ai l'air de plaisanter ?

Le ton lugubre de Mme Tayeb ne laisse planer aucun doute. Le téléphone de Khadijatou lui tombe littéralement des mains. Elle le ramasse à grand-peine pour écouter la suite. Mais elle n'entend plus rien. La déception la submerge. Elle croyait que ce projet les avait tous changés. Hélas, ce n'est pas le cas pour Kevin.

CHAPITRE 28

Khadijatou et ses camarades se sont rendus au commissariat sans la moindre hésitation. Dans le tramway, ils n'ont pas desserré la mâchoire, pas même fait une allusion au scénario. Le trajet leur a paru interminable, le temps passe lentement quand on est pressé. Le commissariat n'est pas très loin du collège. Seule Khadijatou y a déjà mis les pieds. Lors du départ de son père, elle s'était mis en tête qu'il avait été enlevé ou qu'il était un criminel en fuite. Elle allait régulièrement vérifier si un avis de recherche au nom de Samuel Diallo avait été placardé. Elle jette machinalement un coup d'œil sur le panneau où sont affichées les photos, avant de se diriger vers l'accueil.

– Nous venons rendre visite à Kevin Martin, annonce Khadijatou avec assurance.

– Il faut être majeur pour cela, répond l'agent.

– On ne peut pas juste le voir, lui dire qu'on est là ? Après, promis, on repart ! insiste-t-elle.

– Déjà, on est bien sympas avec lui, il n'est pas encore en garde à vue, mais ça ne va pas tarder. Pour le moment, seules les personnes majeures ou les personnes accompagnées par une personne majeure peuvent le voir, répète sèchement le policier.

– Moi, je suis majeure ! s'exclame dans leur dos une voix familière.

Khadijatou se retourne sur Mme Tayeb.

– Désolée, je n'ai pas pu être là plus tôt, j'avais un cours.

– Vous arrivez juste à temps ! s'exclame l'adolescente avec soulagement.

L'agent les conduit le long de couloirs sinistres. Ici, il n'est pas question de contrastes, la misère est partout, aussi crue que la lumière. Yanis est tenté de sortir son appareil photo. Son élan n'est pas esthétique, il n'est pas non plus artistique. Il est guidé par la nécessité de poser son regard sur le monde tel qu'il est. Être un témoin, dire à ceux du dehors ce qui se passe à l'intérieur, montrer la réalité sans filtre et sans fard. Cette réflexion le poursuit jusqu'à une porte que le policier ouvre. Kevin est seul dans une petite salle. Lui qui était si vivant porte le visage blafard de la misère, comme si, en ces lieux, elle était contagieuse. Kevin ne redresse pas la tête et Mme Tayeb doit le secouer un peu pour qu'il lève enfin les yeux vers elle.

– Vous ? Je croyais que c'était encore un flic.

– Tes parents vont bientôt venir ? lui demande Mme Tayeb avec douceur.

Kevin est hébété de voir que ses amis sont là, avec sa prof. La gratitude le dispute à la honte de ne pas être à la hauteur de leur confiance.

– Tu veux que je les appelle ? insiste-t-elle.

Kevin serre le poing. Les disputes de ses parents, il ne les a jamais racontées à ses profs. À part Khadijatou, personne ne sait. Il échange un regard avec son amie, elle essaie de l'encourager à se livrer. Elle s'approche, lui prend la main timidement et l'interroge.

– Qu'est-ce qui s'est passé ?

– Tu le sais déjà, j'ai dévalisé une librairie.

– Tu étais avec qui ?

Kevin était avec sa bande. Ils ont été surpris de voir quelqu'un sortir par une trappe. Ils ignoraient l'existence d'une remise au sous-sol. Ethan a voulu assommer la libraire, mais Kevin l'en a empêché. Il n'aurait pas pu vivre avec une agression sur la conscience. Il aurait pu partir, comme les autres, mais il est resté. Il ne veut plus fuir ses responsabilités.

– J'étais seul, ment Kevin.

– Pourquoi tu as fait ça ? Tu as besoin d'argent ? lui demande Mme Tayeb, soucieuse de comprendre sa motivation.

Kevin reste muet d'indécision. Parler, c'est s'exposer. Mais une fois encore, il ne veut plus se dérober. Un nouveau signe discret de Khadijatou l'incite à raconter sa vie familiale « compliquée ». Il emploie des termes vagues, il n'a jamais vraiment mis de mots sur sa situation, chez lui, tout dialogue est impossible et c'est ce qui la rend encore plus difficile à supporter. Il ne comprend pas les raisons des embrouilles permanentes entre ses parents, il suffit d'un rien pour qu'ils montent dans les tours. Pourquoi ne se séparent-ils pas ? Veulent-ils se faire vivre un enfer l'un à l'autre sans penser aux répercussions sur leur fils ?

En écoutant Kevin évoquer son quotidien, Khadijatou repense aux disputes entre ses propres parents. Elle comprend à quoi elle a peut-être échappé. Elle préfère être dans sa situation que dans celle de son ami. Pendant le récit de Kevin, Aline imite Khadijatou et prend la main de Yanis, qui la serre fort.

Saisie par l'émotion, Mme Tayeb glisse à pas de loup jusqu'à la porte. Aline s'apprête à lui rappeler que la présence d'un adulte est requise, mais l'index sur la bouche, la professeure lui fait signe de se taire. Il ne faut pas briser la magie de l'instant. Elle sait qu'elle sera plus utile ailleurs, et pour cela il faut parfois savoir tordre le cou à la règle. Au bout d'une dizaine de minutes, le silence devient un peu pesant et Kevin le brise enfin.

– J'ai été nul, voyez-vous.

– On te comprend, le tranquillise Khadijatou.

– Non seulement j'ai volé, mais en plus je vous ai lâchés pour le concours de scénarios.

– Je confirme que tu as été nul ! plaisante Yanis.

– Non, mais franchement, vous avez pu terminer ? s'inquiète Kevin.

Khadijatou lui fait un résumé de la situation.

– Certains bossaient pendant que d'autres se tournaient les pouces ! s'exclame Yanis, tentant toujours de détendre un peu l'atmosphère.

– Vous n'avez pas vraiment besoin de moi pour avancer, rétorque Kevin d'un air sérieux.

– Tu rigoles, sans toi, on n'en serait pas là ! proteste Khadijatou.

– Parce que j'ai de bonnes jambes.

– Tu veux que je te rappelle toutes les idées que tu nous as données ? Tu manques de confiance en toi, mais moi, je ne manque pas de confiance en toi, affirme-t-elle.

– Moi non plus, confirme Aline.

– Moi, je t'aime pas, mais je dis le contraire, j'ai trop peur de me faire casser la gueule par Aline et Khadijatou sinon ! s'amuse encore Yanis.

Pour confirmer ses propos, Aline flanque un coup de coude à Yanis et Khadijatou lui assène une bonne tape sur l'épaule. Kevin se lève maladroitement, s'approche d'eux et les prend dans ses grands bras.

– Si tu me touches, je vais te réserver le même sort qu'à Joachim, tu vas voir un peu ! fait semblant de s'indigner Yanis.

Quiconque serait témoin de cette discussion n'imaginerait pas une seconde qu'elle se déroule dans un commissariat. Kevin lui-même l'oublie presque, c'est ça la force de l'amitié. Il se sent en confiance, suffisamment pour lancer une idée :

– J'ai réfléchi à un détail pour le dossier, mais j'ai peur qu'il soit trop tard…

– Il n'est jamais trop tard, le contredit Khadijatou.

– Si mon personnage remontait de vingt-quatre heures en vingt-quatre heures jusqu'au jour de sa naissance, au moment où il pourrait décider de naître ou de ne pas naître…

Les trois autres le dévisagent. Ils ont peur de la conclusion.

– Admettons. Qu'est-ce que décide ton personnage ? lui demande Khadijatou, le visage grave.

– De naître, parce que ça vaut quand même le coup de vivre, non ?

CHAPITRE 29

C'est pour hier — SYNOPSIS

Fatimata, Alice, Yacine et Kylian sont des collégiens d'Aubervilliers. Fatimata est accro au Loto, Alice passe son temps à écrire des lettres de réclamation, Yacine est un tchatcheur invétéré et Kylian un voyou. Ils se croisent parfois au collège, mais ne se connaissent pas vraiment. Ils sont collés le même jour par Mme Ayoub, leur professeure de français, parce qu'ils chahutent en cours. Ils contestent leur sanction mais, sourde à leurs protestations, Mme Ayoub les congédie de la salle des professeurs. Avant qu'elle ne prononce « c'est pour hier », sa formule rituelle, les quatre collégiens le disent à sa place et se retrouvent propulsés vingt-quatre heures en arrière. Ils savent précisément ce qui va leur arriver dans les heures qui suivent. Ils se retrouvent et décident de ne rien changer à leur comportement pour ne pas perturber le futur. Mais aucun ne tient sa promesse : Fatimata change ses numéros de Loto, Alice demande le double d'une somme qu'elle est sûre d'obtenir, Yacine va draguer une fille qu'il sait attirée par lui et Kylian cambriole une librairie dont il a étudié la sécurité. Mais, catastrophe, le bulletin de Fatimata n'a pas été validé, le chèque qu'aurait dû recevoir Alice se perd, la fille que Yacine a draguée le plante au rendez-vous et Kylian se trompe dans le code pour désactiver l'alarme de la librairie et se fait prendre en flagrant délit. Ils se demandent comment ils ont pu faire ce bond en arrière dans le temps et, quand ils essaient de recréer la scène, en disant tous ensemble « c'est pour hier », ils reviennent à leur point de départ. Fatimata leur propose de prononcer à nouveau la formule pour voir s'ils peuvent revenir encore en arrière… et ça marche ! La seule condition, c'est qu'ils l'énoncent simultanément. Ils multiplient les voyages dans le temps, avec des résultats aléatoires : quand le présent convient à l'un, il ne convient plus à l'autre et ils remontent alors plus loin dans le temps. Jusqu'au moment où Kylian propose qu'ils remontent à la source de leurs problèmes, un moment qui a fait basculer leurs vies et qu'ils pourraient essayer de changer. Fatimata revit la séparation de ses parents, Yacine la mort de sa mère, Kylian le jour de sa naissance. Alice pousse encore plus loin l'expérience et remonte avant sa naissance, pour essayer de comprendre d'où vient la manie de son père de toujours tout contester. Finalement, ils comprennent que cette capacité à modifier le cours des événements, ils la possèdent depuis le début. Plutôt que de revenir sans cesse en arrière, ils décident de casser les boucles temporelles. Leur vie, c'est pour demain.

L'histoire est née quand nous, Khadijatou Diallo, Yanis Meniri, Aline Mercadier et Kevin Martin, nous sommes retrouvés en colle un vendredi en fin d'après-midi. Parce qu'il n'y avait personne pour assister au ciné-club qu'elle organisait au même moment dans une salle voisine, Mme Tayeb, notre professeure principale, nous a proposé d'y participer au lieu de purger notre « peine ». Yanis a accepté et cela a été le début de l'aventure qui nous conduit à postuler aujourd'hui.

Notre démarche est de partir de nous pour aller vers un thème universel, en laissant une large part à l'imagination. Notre point de départ relève de la fantasy, au sens littéraire et cinématographique du terme : que se passerait-il si nous pouvions changer notre passé ? A priori, *ce serait fantastique, car chacun de nous a des regrets. Mais si cela nous poussait dans une fuite en arrière ? Inverser le cours du temps, c'est revenir sans cesse à la recherche d'une perfection illusoire. On crée d'autres problèmes, c'est la conséquence inéluctable de tout choix. Vivre, être responsable de ses actes, c'est tout assumer, même les événements sur lesquels on n'a pas prise : la mort, les accidents… D'une façon ou d'une autre, ils réapparaîtront, ils font partie du destin de chacun.*

Nous avons voulu aborder des sujets intimes. Les personnages principaux, leurs caractères, leurs contradictions nous ressemblent. Mais nous avons refusé les clichés. Plutôt que de parler des problèmes des banlieues, territoires dont nous sommes issus, nous avons privilégié les problèmes personnels des personnages. Ce n'est pas d'un lieu mais d'individus dont il s'agit ici. La question sociale existe toutefois à travers le type de situations auxquelles ils doivent faire face.

Parmi les partis pris de forme, il y aura les vitrines. Omniprésentes dans l'environnement urbain, elles marqueront la séparation des mondes, ceux de l'intérieur et ceux de l'extérieur. Nous apporterons un soin particulier à la composition des plans et aux lumières. Notre geste est esthétique mais pas seulement. Des lumières crues, blafardes souligneront certaines réalités sociales. Depuis notre visite dans un commissariat, nous ne pouvons plus représenter le monde comme un simple objet d'art. La photo sera, lors de ces scènes, inspirée du documentaire. Ce sera notre façon d'ancrer nos personnages dans des lieux identifiables. Il s'agit d'être à la fois réaliste et allégorique.

Pour finir, nous tenons à souligner le plaisir que nous avons eu à créer ensemble. Ça n'a pas toujours été facile, nous avons frôlé l'éclatement du groupe plusieurs fois. Ce texte que nous vous envoyons marque notre façon d'affronter le futur. « C'est pour demain » qui conclut notre synopsis, est aussi notre nouveau regard sur nous-mêmes.

Mme Tayeb se demande si cette présentation n'est pas trop bien écrite pour des collégiens de banlieue. Elle en viendrait presque à conseiller à ses élèves de modifier des passages pour que le résultat soit plus conforme à ce qu'on attend d'eux. Elle sait d'expérience que les étiquettes sont difficiles à décoller. Mais elle se retient d'intervenir. Ce travail, ils l'ont fait seuls, elle peut en témoigner. Si on ne les croit pas, ce sera la preuve que l'institution n'a pas vraiment changé depuis son époque. « Ils apprendront de cet échec, tout comme moi », envisage-t-elle, comprenant qu'elle a intériorisé la défaite comme une norme. Elle secoue la tête. Elle refuse de transmettre son amertume. Elle est tellement fière quand elle regarde Aline en train de lire, relire, re-relire le dossier d'inscription. Chaque fois, la maniaque propose de changer une phrase, un mot. Au dernier moment, elle souhaite même transformer le titre *C'est pour hier* en *C'est pour demain.* Yanis décide de lui arracher son ordinateur portable et d'imprimer une fois pour toutes le fichier. Témoins de la scène, Khadijatou et Kevin en rigolent. Aline supplie Yanis de lui accorder un dernier droit de regard et il cède. Il ne sait rien refuser à celle qui est devenue plus qu'une amie. Elle se plonge dans une lecture interminable, avant d'en enchaîner une autre, c'est plus fort qu'elle, elle ne peut pas s'en empêcher. Cette fois, c'en est trop pour tout le monde.

– C'est exactement le sujet de notre scénario : tu refuses d'aller de l'avant ! s'écrie Khadijatou.

– Tu penses que mon personnage devrait refuser de retourner dans le présent, et tous resteraient bloqués dans le passé ? questionne Aline.

– Non ! s'époumonent les trois autres en chœur.

– Ils ont raison, Aline, il est temps d'y aller, conclut Mme Tayeb.

La très respectée professeure de français a le dernier mot. Elle a été formidable avec Kevin, elle est allée parler au commissaire Carrubert. Celui-ci lui a expliqué que si le jeune homme n'avait pas été placé en garde à vue, c'est parce que la libraire avait témoigné du fait qu'il s'était interposé pour lui éviter un coup de poing et qu'il s'était ensuite laissé prendre. Les policiers ont juste voulu lui donner une leçon en le plaçant dans une pièce à part. « Ce petit a bien de la chance d'avoir des gens qui l'aident à retrouver le bon chemin », a conclu l'officier, qui présente la particularité de rouler les *r*.

Mme Tayeb est ensuite allée voir la libraire *Les Mots Passants* pour lui proposer un arrangement : lui demander d'accepter de prendre Kevin en stage non rémunéré pendant les vacances de Noël afin de la dédommager du préjudice moral subi. Elle en a parlé avec le principal du collège qui a trouvé l'idée excellente et a donné son accord de principe. La libraire, qui lui avait déjà pardonné, a d'abord refusé. Elle répétait que Kevin avait déjà assez souffert comme ça, mais finalement, quand il s'est présenté, elle a bien voulu de lui. Assumer les conséquences de ses actes est une leçon apprise lors de l'écriture du scénario, qui s'est révélée être aussi une leçon de vie.

La bande a décidé que ce serait Kevin qui irait déposer le projet au conseil régional. Ils ont une confiance totale en lui et c'est une façon pour eux de boucler la boucle. Le jour J, il salue ses amis avec une certaine solennité, comme s'il partait en mission pour Mars. En les quittant, il imagine un long travelling de cinéma qui le suit pas à pas, avec des plans de coupe sur ceux qu'il laisse dans la base spatiale. Les quatre amis voient désormais le monde à travers une caméra. Ils sont spectateurs d'un film dont ils sont aussi les acteurs et les réalisateurs.

Arrivé au conseil régional, Kevin demande à parler à Mme Vignal. Elle semble surprise de le voir.

– Tous les autres participants ont envoyé leur dossier par courrier postal.

– Désolé, je vais le faire aussi, s'excuse-t-il.

– Non, ce n'est pas grave, donnez-le-moi. Décidément, jusqu'au bout vous ne faites rien comme les autres.

Kevin sourit. « Rien comme les autres », c'est le plus beau compliment qu'il ait jamais entendu. Il va lui falloir être à la hauteur et prendre sa vie en main désormais. Et ça commence par un tête-à-tête avec ses parents. Si ça se passe mal, il devra envisager une solution avec l'assistante sociale du collège. Il n'est pas question que le chaos dans sa tête le poursuive. Quand il quitte le bâtiment, Khadijatou lui fait la surprise d'être là. Ils marchent jusqu'à La Courneuve, main dans la main, en ignorant le froid.

CHAPITRE 30

Les journées se sont étirées jusqu'aux résultats, prévus juste avant les vacances de Noël. Mme Tayeb a prévenu ses élèves qu'elle les contacterait dès qu'elle aurait reçu la lettre du conseil régional et qu'elle ne l'ouvrirait que lorsque les quatre amis seraient réunis. La professeure principale s'était étonnée auprès de Mme Vignal que l'on recoure encore aux envois postaux à l'ère des e-mails. La patience fait partie de la pédagogie du concours, lui avait répondu son ancienne élève, inversant les rôles de leur relation passée. Khadijatou n'en peut plus, quand elle reçoit enfin l'appel tant attendu de Mme Tayeb l'informant que le courrier est arrivé. Les bonnes nouvelles arrivent par téléphone, les mauvaises nouvelles par la poste, lui avait appris sa mère quand elle avait été licenciée de son emploi. Le lendemain, elle avait reçu un coup de fil pour lui signifier qu'elle était embauchée ailleurs.

Khadijatou ne croit pas une seconde à la victoire. Si l'équipe avait gagné, Mme Vignal l'aurait dit à Mme Tayeb, elles se connaissent, après tout. Tous ces arguments se bousculent dans sa tête lors du trajet vers *Les Mots Passants*, où ils ont rendez-vous. Peu importe qu'ils perdent, ils ont donné le meilleur d'eux-mêmes, c'est leur plus belle victoire, se convainc Khadijatou, fière de leur esprit d'équipe et du travail fourni. Les trois autres sont déjà là quand Khadijatou arrive devant la librairie. Il y a aussi Mme Tayeb et Sophie, la libraire, aussi nerveuses qu'eux.

– Toujours à la traîne ! se plaint Yanis, débordant d'impatience.

– Oh, ça va... répond Khadijatou.

– Bon allez, trêve de bavardages, on ouvre la lettre, décide Mme Tayeb.

– S'il vous plaît, dites votre formule avant, ça nous portera chance, la supplie Kevin.

– Tu crois à la chance, toi, maintenant ? sourit Khadijatou.

– C'est pour hier ! Voilà, je l'ai dit ! s'esclaffe Mme Tayeb, bonne joueuse.

Puis, solennellement, elle décachette l'enveloppe. Chaque soir avant de se coucher, Khadijatou a rejoué la scène de remise des César. Plus l'échéance se rapprochait, plus ses discours devenaient surréalistes. Elle remerciait le monde entier, des proches aux inconnus rencontrés dans la rue qui l'avaient encouragée d'un regard. Toutes ses espérances défilent pendant que Mme Tayeb énonce un à un le classement des trois premiers :

3. Collège Janson-de-Sailly à Paris

2. Collège Jean-Baptiste-Say à Paris

Un temps. Aline soupire, deux des établissements les plus prestigieux de France, c'est déjà foutu. Khadijatou veut pourtant croire à sa chance. Kevin la prend par l'épaule en imitant son expression déconfite. Le silence se prolonge. Mme Tayeb n'arrive pas à croire ce qu'elle lit. Le monde aurait vraiment changé ? Yanis n'y tient plus, il arrache la lettre des mains de sa professeure, abasourdie.

1. Collège Henri-Wallon à Aubervilliers

Il a marmonné sans réaliser ce qu'il était en train de dire. Son ton neutre est en décalage complet avec la nouvelle qu'il vient d'annoncer. Son détachement est suspect, Khadijatou prend à son tour la lettre, puis Kevin et Aline. Ils constatent l'un après l'autre que c'est bien eux qui ont gagné le concours de scénarios. Paradoxalement, personne ne manifeste sa joie, ils sont comme sonnés ! Même Khadijatou, qui en a rêvé toutes les nuits, semble indifférente.

– Bon, ben voilà quoi, on a le droit de réaliser notre court-métrage tous les quatre, résume Khadijatou.

– Mon nom n'est pas parmi les inscrits, vous n'êtes pas obligés de m'inclure, corrige Kevin.

– N'importe quoi !

Aline et Yanis soutiennent Khadijatou. Leur indignation est leur seule réaction visible. Puis chacun revient à sa réserve. Mme Tayeb vérifie dix fois qu'ils ont bien gagné. Elle a l'impression de revenir dans le passé, de revivre son propre concours. Ces jeunes gens ont réalisé ce qu'ils ont écrit dans leur synopsis, ils ont changé la fin de sa propre histoire, en mieux. Mais les quatre camarades sont toujours muets. Ils comprennent que le plus dur est devant eux : il va falloir réaliser ce court-métrage, la pression est à son maximum. Car maintenant ils ont vraiment peur de décevoir.

CHAPITRE 31

Arrivée chez elle, Khadijatou improvise une danse de la joie. La chape de plomb qui s'était abattue sur le groupe se volatilise d'un coup, elle prend Samba dans ses bras et l'entraîne dans sa farandole. Le petit garçon s'esclaffe de voir sa sœur exprimer ses émotions de façon si ostentatoire. Ce n'est pas son genre, elle qui est si réservée, et ça se voit, sa chorégraphie est maladroite. Alertée par les hoquets de rire de son fils, leur mère arrive en trombe.

– Ça ne va pas la tête ? J'ai eu peur, j'ai cru que Samba faisait une crise de…

– … rire, oui, il fait une crise de rire !

La jeune excitée tourne en sautillant autour de sa mère, qui ne comprend rien. Khadijatou, qui reste invariablement scotchée sur sa chaise lors des fêtes et des mariages, semble possédée.

– Tu veux bien me dire ce qui se passe à la fin ?

– On a gagné !

– Au Loto ?

– Non, mieux que ça, à notre concours de scénarios !

– Je ne comprends rien.

Khadijatou s'arrête, essoufflée. Elle essaie d'être le plus claire possible, mais ses paroles sont aussi désordonnées que ses pas de danse, ça part dans tous les sens. Il faut cinq bonnes minutes à sa mère pour comprendre. Elle peut enfin jubiler.

– Vous avez gagné, c'est formidable ! Je savais que ma fille était un génie !

Elle la serre très fort, ce qui n'aide pas Khadijatou à reprendre son souffle. Elle a l'impression d'être un doudou dans les bras de sa mère. Khadijatou s'était toujours imaginée en train de gagner. Elle accomplissait alors ses rêves les plus fous. Aujourd'hui, elle est dans la réalité, et elle est perdue. Elle n'a pas les millions qui lui permettraient de réaliser ses fantasmes délirants, mais elle a un rêve un peu fou qu'elle aimerait proposer à ses amis.

***

Aline a réuni son père et sa mère. Elle leur montre la lettre annonçant la victoire de son équipe au concours de scénarios. Pleine de fierté, Mme Mercadier la prend dans ses bras. Elle propose à sa fille d'afficher sa récompense dans un nouveau cadre. Aline décide que non, elle va la placer dans celui où elle avait mis son chèque de remboursement record. Sophie, la libraire, a fait des photocopies pour chaque lauréat, mais Aline s'est débrouillée pour conserver l'originale. M. Mercadier est désemparé. Ce n'est pas de l'argent, pourquoi sa fille et sa femme sont-elles heureuses à ce point ?

Dans la soirée, M. Mercadier est seul dans son bureau, en train d'écrire une lettre de réclamation. Aline entre dans la pièce et lui demande si elle peut emporter la machine à écrire dans sa chambre. Désormais, elle veut créer plutôt que protester et le cling quand elle arrive en bout de ligne a un effet magique sur elle.

– Tu sais que cette machine appartenait à mes parents ? demande M. Mercadier à sa fille.

– Si tu veux, je te la laisse, papa.

– Ce n'est pas ça, je suis heureux qu'elle te revienne. Je t'ai déjà raconté l'histoire de tes grands-parents ?

– Non, jamais.

– Ton papi Jean-Michel était ouvrier et ta mamie Françoise, femme au foyer. Nous n'avions pas beaucoup de moyens à l'époque, et quand mon père s'est fait licencier de l'usine nous avons traversé une période de misère, au point que nous avons été expulsés de notre logement. Pendant quelques semaines, j'ai été placé dans un foyer.

– Tu avais quel âge ?

– Douze ans. C'est l'expérience la plus terrible que j'aie vécue.

– Je ne savais pas, l'interrompt Aline, bouleversée.

– Ce n'est pas le pire. Plusieurs années après, j'ai appris que le licenciement de mon père et notre expulsion étaient illégaux. Nous avions été délogés et séparés juste parce que nous ignorions nos droits. Je me suis juré que ça n'arriverait jamais à mes enfants, si j'en avais un jour.

– Hum, je comprends mieux, papa. Et maman, tu ne t'es jamais demandé ce qu'elle en pensait ?

Un raclement de gorge les fait sursauter. Mme Mercadier est sur le seuil, elle écoute leur conversation depuis le début.

– Ce que j'en pense ? Je connais son histoire et si ça tranquillise ton père d'écrire ces lettres, je le soutiens, comme il me soutient. Je ne vais pas mentir en disant que c'est la part de lui que je préfère, mais on prend les gens comme ils sont quand on les aime.

M. Mercadier se lève et enlace sa femme. Aline les rejoint et une petite voix dans sa tête lui souffle qu'elle tient là une scène émouvante pour le scénario de *C'est pour hier*. Cling.

***

Dès le premier jour à la librairie, Kevin s'est retrouvé à la caisse. Il s'était étonné qu'on lui accorde une telle confiance. « Il faudra que tu vives avec », lui avait répondu Sophie, la libraire, aussitôt partie dans la remise, le laissant seul face aux clients. Lors des creux de fréquentation, il lit des romans de science-fiction, ses préférés, une manière de vivre dans un autre monde sans fuir la réalité. Il a provisoirement déménagé chez sa grand-mère. Ses parents ont d'abord protesté. Mme Tayeb est allée leur rendre visite pour les convaincre, et on sait à quel point la professeure principale peut se montrer persuasive…

Pour que Kevin puisse être officiellement inclus dans l'équipe lauréate, Yanis a dû à nouveau s'entretenir avec Mme Vignal. « Il lui a retourné le cerveau », selon son expression. Une nouvelle infraction au règlement qui a fait rire Mme Vignal, prise d'une certaine tendresse pour ces candidats si différents des autres. Ils lui avaient envoyé une carte spécialement pour la remercier. Elle avait aussi reçu des protestations des deux collèges parisiens arrivés deuxième et troisième. L'un des chefs d'établissement osant même lui demander s'il s'agissait de discrimination positive au profit d'un collège de banlieue. En guise de réponse, Mme Vignal lui a simplement envoyé le dossier des vainqueurs. Aucune contestation n'était plus possible, c'est bien la meilleure histoire et les plus motivés qui ont gagné.

Kevin a aussi partagé sa joie avec sa grand-mère. Il a été à deux doigts d'appeler ses parents, mais il s'est dit que c'était trop tôt. Pour le moment, il vaut mieux qu'il soit loin d'eux. À la librairie, il est tout heureux d'exhiber la nouvelle lettre du résultat du concours sur laquelle son nom figure enfin. Mais il était loin de s'attendre à la réaction de la libraire :

– Kevin, tu es viré !

– Pardon, madame ?

– Déjà, ne m'appelle pas madame mais Sophie ! C'est la millième fois que je te le dis !

– C'est pour ça que je suis renvoyé ?

– Non, bien sûr que non. Ce que je veux te dire, c'est que tu n'es pas obligé de venir travailler ici, tu as mieux à faire et tu as purgé ta dette à partir du moment où tu m'as présenté tes excuses.

Le lendemain à 9 h 30, Kevin se présente quand même à la librairie. Sophie lui tend alors un nouveau papier qu'elle ira présenter au principal du collège après les vacances de Noël : une prolongation de sa convention de stage pour qu'il vienne travailler tous les samedis, et cette fois, il sera rémunéré.

***

Tata Djamila accompagne Yanis dans le magasin d'électroménager dont il lui a tant parlé. Sa tante a décidé de lui offrir un deuxième appareil photo. C'est sa façon de fêter avec lui sa sortie de l'hôpital. Depuis qu'elle est dehors, son flot de paroles ne s'est pas tari. Il paraît que la mère de Yanis était aussi bavarde. Il ne s'en souvient plus, mais il veut bien le croire si l'on se fie à la génétique. C'est plus qu'un simple magasin, une véritable caverne d'Ali Baba. Les appareils photo dernier cri remplissent les rayons.

Yanis ne sait plus où donner du regard. Tata Djamila sourit de son avidité. Quand son choix s'arrête sur un modèle, un autre lui fait de l'œil. Le vendeur s'agace de ses hésitations et se demande s'il ne le fait pas volontairement tourner en bourrique. On en a vu, des petits rigolos qui vous font perdre une heure pour repartir les mains vides. Alors qu'il s'est enfin décidé et qu'ils se dirigent vers la caisse, tata Djamila prononce une phrase qui va rendre fou le vendeur.

– Tiens, il y a aussi des caméras.

Yanis s'arrête net. Le sourire du vendeur se fige. L'expression curieuse de son client dit tout de ses intentions : vaincu, il les accompagne au rayon des caméras en traînant les pieds.

CHAPITRE 32

Aline n'a pas écrit la moindre lettre de réclamation pendant les vacances de Noël, elle n'a pas révisé le règlement du collège, elle a souri aux caissières du supermarché, elle a refusé d'encaisser trois chèques de remboursement, elle est sortie avec ses parents. Son père a arrêté lui aussi de protester à tout bout de champ. Enfin presque, parfois il replonge en douce au milieu de la nuit, on ne se refait pas si vite.

Elle n'a pas revu la bande des scénaristes. Khadijatou et Kevin sont toujours ensemble, elle ne veut pas les déranger. Yanis est parti en vacances avec son père, sa tata et ses cousins, ils ont pu échanger un peu par téléphone, mais sans plus. Qu'est-ce qu'il lui a manqué ! C'est avec une certaine appréhension qu'elle s'approche du collège en cette rentrée. Devant l'établissement, au milieu de ses camarades, Yanis mouline l'air en faisant de grands gestes qui accompagnent sa parole très sonore. Ses compagnons rient beaucoup. Aline se retient de le rejoindre et se met à l'écart. Un peu plus loin, elle aperçoit Khadijatou, le nez dans ses notes, probablement sa formule de probabilités qu'elle a améliorée. La grille s'ouvre et Kevin se précipite pour entrer juste avant qu'elle ne se referme. Le temps de l'écriture en commun lui semble lointain, c'est comme s'ils étaient revenus à cet « hier » où ils ne se connaissaient pas.

Dans les couloirs, une fusée heurte Aline à l'épaule. Toujours le même, Kevin. Comme d'habitude, il ne se retourne pas ni ne s'excuse. Après cinq mètres de course, il pivote et dévoile un immense sourire.

– Bon, j'avoue, j'ai fait exprès pour te faire réagir, rigole Kevin.

– Ah, c'est malin, j'allais te casser la gueule !

C'est une autre voix, celle de Yanis qui répond en riant de plus belle. Il rejoint ses deux camarades.

– Aline, tu me connais plus ? Je t'ai vue à la grille, tu m'as esquivé, se plaint Yanis.

– Tu étais accompagné, je ne voulais pas te déranger…

– Et moi, je me suis dit que tu préférais rester seule.

– Ah ?

– Bah oui, qu'est-ce que tu crois, eux ce sont des potes, nous, on est plus que ça… Enfin je crois, non ?

– Ouais, t'es son mec !

Cette dernière phrase, c'est Khadijatou qui l'a prononcée. Elle arrive à son tour et se love dans les bras de Kevin.

Yanis s'enhardit et fait de même avec Aline. Il lui souffle à l'oreille qu'elle lui a beaucoup manqué et les joues de l'adolescente s'empourprent.

– C'est bien beau tout ça, mais j'ai eu une idée pendant les vacances, annonce Khadijatou. J'en ai parlé à Kevin.

– Bon, c'est d'accord, je veux bien assister à vos fiançailles, plaisante Yanis.

– Ha ha ha ! Très drôle !

Khadijatou force son rire pour se moquer de son ami. Elle sort de son sac un gros paquet de feuilles. Yanis soupire :

– Tu vas encore nous bassiner avec tes formules mathématiques ?

– Ce n'est pas du tout ça, répond Khadijatou. Kevin et moi nous sommes beaucoup vus…

– Votre vie privée ne nous regarde pas ! la coupe Yanis.

– Non, mais tu ne peux pas rester sérieux deux minutes ? Nous avons commencé à travailler sur le scénario et nous avons un problème… Ce n'est plus un court-métrage mais carrément un long, avec toutes les idées que nous avons.

– Alors nous avons un plus gros problème encore, intervient Aline. Moi aussi, j'ai écrit de mon côté.

– Moi, je n'ai rien écrit, mais j'ai tout dans la tête, se vante Yanis, et je peux vous dire que c'est du lourd. Et puis j'ai repéré une bête de caméra, ce ne sera pas de trop d'en avoir deux pour le tournage.

– Tu te prends pour Spielberg ou quoi ? s'amuse Kevin.

– Depuis le début, on nous dit qu'on ne doit pas se prendre pour untel ou pour unetelle, s'agace Yanis.

Spielberg a bien dû croire en lui-même pour arriver où il est aujourd'hui. Alors oui, je me prends pour lui, soit on fait les choses bien, soit on ne les fait pas du tout !

Mme Tayeb passe dans le couloir. Elle salue ses élèves et les presse d'aller en classe, la seconde sonnerie va bientôt retentir. Ils lui répondent qu'ils auront une annonce à lui faire lors du ciné-club de vendredi. La prof principale décide que non, elle n'attendra pas, elle veut tout savoir immédiatement, et tant pis s'ils arrivent tous en retard.

CHAPITRE 33

En fin de journée, la bande des quatre se retrouve au foyer. Katia est présente, avec ses amies. Elle se dirige vers eux et, déjà, Khadijatou prépare une réplique bien cinglante pour clouer définitivement le bec à celle qui a répandu la rumeur de leur participation au concours de scénarios. Toute timide, Katia murmure :

– Bravo pour le prix.

– Ouais, c'est ça, moque-toi, grince Khadijatou.

– Je rigole pas. J'ai été nulle, j'étais jalouse et j'ai raconté n'importe quoi.

– Tu blagues, c'est ça ? affirme Khadijatou, plus qu'elle ne pose la question.

– Non. J'ai eu une bonne discussion avec Mme Tayeb. Aline, tu es plus compétente que moi pour être déléguée de classe et vous quatre, vous êtes des exemples pour le collège, on est fiers de vous.

La bande d'amis se demande si c'est du second degré. Si c'est le cas, c'est une actrice merveilleuse, ainsi que tous les élèves qui se mettent en cercle pour leur poser des questions. Yanis répond timidement puis, comprenant que l'assemblée n'a pas d'intention hostile, il se lance vraiment. Quand il exagère un peu ou qu'il invente carrément, il est rattrapé par un coup de coude d'Aline.

De l'autre côté de la fine cloison, en salle des profs, Mme Tayeb entend tout et elle jubile. Quand M. Berton, professeur de maths, essaie de lui parler, elle exige le silence. Elle veut vivre cet instant pleinement. Des jeunes qui ont réussi quelque chose et qui en inspirent d'autres, c'est le cœur même de sa mission, la raison pour laquelle elle a un jour souhaité devenir enseignante.

★★★

Au ciné-club du vendredi, il n'y a pas que Kevin, Khadijatou, Yanis et Aline. Une bonne trentaine d'élèves sont venus assister à la projection de *Rocky*, un vieux film des années 1970, dont la suite est la saga *Creed*, mettant en scène le parcours d'un boxeur médiocre qui combat le champion du monde des poids lourds. À la fin, il perd de peu, mais grâce à sa combativité, il devient l'idole de la foule qui scande son nom. Pendant le générique de fin, les participants se tournent vers les vainqueurs du concours de scénarios en les applaudissant. Après un discours pendant lequel Khadijatou brille particulièrement (il faut dire qu'elle s'est tellement préparée !), Mme Tayeb invite tout le monde, sauf les scénaristes, à quitter la salle. Elle a une mauvaise nouvelle à leur annoncer :

– J'ai bien lu vos propositions de scénarios et le matériel que ça implique. L'aide de la Région est prévue pour un court-métrage tourné sans micro, sans perche, sans aucun accessoire et avec une post-production minimale. C'est de l'autoproduction débrouillarde, je pense qu'il va falloir revoir vos ambitions à la baisse.

– Vous êtes sûre ? demande Khadijatou.

– Certaine. Franchement, deux caméras, ce n'est pas nécessaire. Et en réduisant le texte, vous pouvez arriver à dix bonnes minutes de film. Il faudra mettre moins de personnages, un principal, ça suffit. J'ai discuté avec Alexandra, elle est d'accord avec moi.

– Alexandra ? interroge Khadijatou.

– Mme Vignal, mon ancienne élève.

Les élèves se résignent à faire avec « les moyens du bord », comme le dit Aline. Khadijatou, elle, a une petite idée en tête :

– Bon, cette fois, je vais le gagner, ce Loto. Il le faut !

Résolue, elle rentre chez elle pour traîner sa mère vers le bureau de tabac de Bébert. « La chance existe, la chance existe, la chance existe », se répète-t-elle tout au long du chemin.

CHAPITRE 34

Mme Vignal aime vraiment beaucoup ces gamins du collège Henri-Wallon. Elle a pris régulièrement de leurs nouvelles auprès de Mme Tayeb. Celle-ci lui explique que le projet de ses élèves est devenu pharaonique et qu'il a fallu couper dans le scénario pour réduire le coût. Mme Vignal est désolée, si ça ne tenait qu'à elle, elle doublerait le montant de l'aide. Mais c'est une décision politique, pas administrative. Les prochaines élections régionales ayant lieu dans trois ans, elle ne pourrait pas être élue avant, même si elle le voulait ! Mme Tayeb confie aussi sa déception à M. Berton, qui en discute au déjeuner avec Mme Frappat et Mme Coulibaly, ses collègues d'anglais et d'histoire-géographie. De retour en salle des profs, elles se confient à M. Chen, Mme Guy, Mme Adnaoui et M. Ganji, qui ont déjà entendu ce qui est devenu une rumeur qui a fait le tour du collège. Mme Adnaoui leur apprend qu'une cagnotte a été créée par Katia sur Internet. L'adolescente a elle aussi entendu parler des difficultés de ses anciens ennemis par Célia, la fille de Mme Vignal, avec laquelle elle est restée en contact. Elle a une trahison à se faire pardonner et elle se jure que, pour une fois, sa popularité va lui servir à quelque chose.

Et en effet, en deux jours, elle réussit à réunir la somme nécessaire. Mais l'argent continue d'affluer. Pas seulement de la part des professeurs, il y a aussi des élèves, des parents d'élèves, des inconnus touchés par leur histoire. Un journaliste se présente au collège pour savoir s'il peut rencontrer les protagonistes de ce film dont tout le monde parle. Il aimerait leur consacrer un article. Après un long conciliabule, la bande des quatre refuse de le rencontrer. Ce remue-ménage a créé beaucoup de pression autour d'eux, autant ne pas en rajouter. L'objectif financier est atteint, vouloir plus, ce serait de la vanité. Ils demandent à Katia de suspendre la cagnotte et d'indiquer des liens vers des associations caritatives. Ils ne peuvent plus reculer désormais, et bientôt le casting va commencer. Car en plus de l'argent, le buzz a suscité des vocations et beaucoup d'apprentis acteurs et actrices se sont manifestés.

À l'unanimité, le groupe décide que Kevin sera le directeur de casting. Une grosse responsabilité qu'il se sent capable de supporter. Avant de se coucher, il raconte sa journée à sa grand-mère, Monique, fière de son petit-fils. Kevin n'arrive pas à trouver le sommeil tellement il est excité à la veille du grand jour. Pour passer le temps, il va visiter le site Internet de la cagnotte. Il voulait se remonter le moral et c'est le résultat inverse qui se produit : le montant de la somme le fait paniquer. Une angoisse sourde, vertigineuse. Seront-ils à la hauteur de la confiance de tous ces contributeurs ? Il fait défiler la liste. Une bonne centaine d'élèves ont participé, dont certains pour un euro. Ceux-là ont autant de mérite que les autres, ils ont donné ce qu'ils ont pu et certains encore plus qu'ils n'auraient dû. Il y a aussi des noms connus : Sophie la libraire, la tante de Yanis, Djamila, Mme Tayeb, Mme Vignal, M. Meniri, Mme et M. Mercadier… et des inconnus à la pelle. Tous ces gens, il ne faudra pas les décevoir. Son cœur se serre quand il lit « François et Caroline Martin ». Ses parents ont même laissé un message pour dire combien ils sont fiers de leur fils Kevin.

CHAPITRE 35

C'est pour hier fait parler depuis des mois. Le tournage a duré quatre semaines étalées sur les vacances d'hiver et de printemps. Mme Tayeb a reporté un voyage à l'étranger pour encadrer le projet. Il était prévu pour deux semaines au départ, mais les quatre scénaristes devenus réalisateurs ont appris que le cinéma, c'est devoir faire face à beaucoup d'imprévus : des acteurs qui font faux bond, des jours chômés à cause du mauvais temps, des dialogues qui passaient bien à l'écrit mais qui ne sonnent pas du tout naturels devant la caméra… Il leur a fallu mettre leur ego de côté : ils avaient décidé que chacun jouerait son propre rôle, mais seul Kevin s'est avéré un bon acteur. Yanis a découvert qu'être un tchatcheur et interpréter un rôle étaient deux choses bien différentes. Khadijatou a été prise d'un trac si énorme qu'elle en oubliait son texte. Ironie du sort, c'est finalement Katia, formidable comédienne, qui tient le rôle d'Aline, trop timide pour jouer la comédie !

Il a fallu couper des scènes, multiplier les prises, tenter des angles de vue comme les voyait Yanis, négocier, s'engueuler, se rabibocher… Après le tournage, il y a eu la postproduction, en gros le montage des images et le travail sur le son. Pour cette partie très importante, Mme Vignal a pu obtenir l'aide d'un technicien détaché par le conseil régional, qui a été bien utile. « On fait les choses bien ou on ne les fait pas du tout » était écrit sur une feuille accrochée à la porte du studio.

L'avant-première, c'est aujourd'hui au cinéma *Le Studio* d'Aubervilliers. Lancer l'événement a demandé énormément de temps et d'énergie. Mme Tayeb était larguée pour la communication sur les réseaux sociaux, il a fallu prendre le relais. Le résultat de tous ces efforts : il y a un monde fou, on dirait que toute la ville d'Aubervilliers s'est donné rendez-vous. Et même au-delà, car Khadijatou reconnaît l'homme, croisé à la basilique Saint-Denis, qui leur avait demandé quand sortirait le film ! « On n'avait pas vu autant de monde depuis le dernier *Avatar* », s'émerveille l'ouvreur.

À la fin du film d'une durée de 1 heure et 15 minutes, la salle applaudit debout pendant dix minutes. Les scénaristes-réalisateurs se présentent main dans la main sur la scène et appellent l'équipe, Mme Tayeb et Mme Vignal à venir les rejoindre. Khadijatou regarde dans la salle si son père est là. Non, il ne faut pas rêver, mais sa mère et son petit frère ont les yeux qui brillent et c'est le plus important. Elle se souvient de la dernière fois qu'elle a joué au Loto pour essayer de gagner de quoi réaliser le film. Elle avait une nouvelle fois perdu ; mais grâce à l'initiative de Katia, ils ont réussi à tourner leur film, à concrétiser leur rêve. Ce qu'elle et ses amis ressentent ce soir est indescriptible, le résultat de leur travail ensemble, c'est le meilleur, le plus gratifiant, le plus beau des gros lots.

REMERCIEMENTS

Je remercie Hélène Bihèry-Dupuy pour son formidable travail, son regard bienveillant et exigeant, sa disponibilité, ses encouragements et son immense gentillesse.

Je remercie Nathalie Maitenaz, qui a cru en ce projet et l'a porté jusqu'à son terme avec un soutien indéfectible.

Je remercie Julie Printzac, grande écrivaine et amie chère, à qui ce roman doit beaucoup, à commencer par sa publication. Ses multiples encouragements et ses conseils m'ont porté tout au long de ce processus éditorial, et bien au-delà.

Je remercie Sabrina Redouane Bouras, professeure de français et d'histoire-géographie au lycée Anatole-France de Colombes. Grâce à elle, ma résidence d'écriture financée par le conseil régional d'Île-de-France s'est déroulée dans des conditions idéales au sein de ses classes de PMELEC et PHPS. Une professionnelle et une personne remarquable.